一鳥害七命

周偉明 編寫

商務印書館

一鳥害七命

編　　者：周偉明

插　　畫：梁嘉賢

責任編輯：謝江艷

出　　版：商務印書館 (香港) 有限公司

　　　　　香港筲箕灣耀興道 3 號東滙廣場 8 樓

　　　　　http://www.commercialpress.com.hk

發　　行：香港聯合書刊物流有限公司

　　　　　香港新界大埔汀麗路 36 號中華商務印刷大廈 3 字樓

印　　刷：中華商務彩色印刷有限公司

　　　　　香港新界大埔汀麗路 36 號中華商務印刷大廈

版　　次：2008 年 1 月第 1 版第 1 次印刷

目 錄

白蛇傳

一、船上初遇　閨中訂盟

　　話說宋高宗紹興年間，杭州黑珠巷內，有一個宦家，姓李名仁。做南廊閣子庫募事官，又與邵太尉管錢糧。家中妻子，有一個兄弟許宣，排行小乙。他爹曾開生藥店。自幼父母雙亡，卻在表叔李將仕家生藥舖做主管，年方二十二歲。那生藥店開在官巷口。卻說清明時節許宣到保叔塔寺燒香，歸程時，雨下得綿綿不絕。許宣見腳下濕，走出四聖觀來尋船，只見一個老兒，搖着一隻船過來。許宣下了船，向湧金門方向搖去。

　　搖不上十數丈，只見岸上有人叫道："公公，搭船則個。"許宣看時，是一個婦人跟一個丫鬟。便叫老兒將船傍了岸邊，那婦人同丫鬟下船，見了許宣，向前道一個萬福。許宣慌忙起身答禮。那娘子和丫鬟在艙中坐定了。娘子把秋波頻轉，瞧着許宣。許宣是個老實之人，見了此等如花似玉的美婦人，也不免動念。便問道："敢問娘子高姓？潭府何處？"那婦人答道："奴家是白三班白殿直之妹，嫁了張官人，不幸亡了，現葬在這雷嶺。為因清明節近，今日帶了丫鬟，往墳上祭掃了方回。不想值雨，若不是搭得官人便船，實是狼狽。奴家只在箭橋雙茶坊巷口。若不棄時，可到寒舍稍坐拜茶。"許宣道："天色晚了，改日拜望。"說罷，船搖近岸，婦人共丫鬟自去。

　　許宣入湧金門，從人家屋簷下到三橋街李將仕的店，借了一把八十四骨，紫竹柄的好傘，出羊壩頭來。到後市街巷口，只聽得有人叫道："小乙官人。"許宣回頭看時，只見沈公井巷口小茶坊屋簷下，立着一個婦人，正是搭船的白娘子，白娘子說道："雨不得住，鞋兒都踏濕了，教青青回家，取傘和腳下。又見晚下來。望官人搭幾步則個。"許宣和白娘子合傘到壩頭道："路近了，不若娘子把傘將去，明日小人自來取。"白娘子道："感謝官人厚意！"許宣沿人家屋簷下冒雨回家來。吃了飯。當夜思量那婦人，翻來覆去睡不着。

到得天明，起來梳洗罷，吃了飯，到舖中忙意亂，做些買賣也沒心想。到午時後，便向李將仕請假半日，徑來箭橋雙茶坊巷口，尋問白娘子家裏。問了半日，沒一個認得。正躊躇間，正遇白娘子家丫鬟青青，從東邊走來。她便引許宣入一所樓房內，那白娘子向前深深的拜道："夜來多蒙官人應付周全，甚是感激不淺！"許宣道："些微何足掛齒。"白娘子道："少坐拜茶。"茶罷，青青已自把菜蔬果品薄酒排將出來。許宣道："感謝娘子置酒，不當厚擾。"飲至數杯，許宣起身道："今日天色將晚，路遠，小子告回。"娘子道："官人的傘，舍親昨夜轉借去了，相煩明日來取。"許宣只得相辭了回家。

至次日，許宣又來店中請假到白娘子家取傘。娘子見來，又備三杯相款。少頃，竟啟櫻桃口告道："小官人在上，奴家亡了丈夫，想必和官人有宿世姻緣，一見便蒙錯愛。正是你有心，我有意。煩小乙官人尋一個媒證，與你共成百年姻眷。"許宣聽那婦人說罷，自己尋思："真個好一段姻緣。若取得這個渾家，也不枉了。只是如何有錢來娶老小？"許宣答道："多感過愛，實不相瞞，只為身邊窘迫，不敢從命。"娘子道："這個容易。我囊中自有餘財，不必掛念。"便叫青青去取一錠白銀下來。道："小乙官人，這東西將去使用，少欠時再來取。"許宣接得包兒，打開看時，卻是五十兩雪花銀子。

許宣把這錠白銀藏於袖中，又接得把傘相別回家，把銀子藏了。

明日起來，離家到官巷口，把傘還了李將仕。許宣將些碎銀子買了一隻肥好燒鵝，鮮魚精肉，嫩雞果品之類提回家來。又買了一樽酒，吩咐養娘丫鬟安排整下。飲饌俱備，來請姐夫和姐姐吃酒。許宣道：“感謝姐夫姐姐管顧多時。許宣如今年紀長成，今有一頭親事在此說起，望姐夫姐姐與許宣主張，結果了一生終身。”姐夫姐姐聽得說罷，肚內暗自尋思道：“許宣日常一毛不拔，今日壞得些錢鈔，便要我替他討老小？”夫妻二人，你我相看，只不回話。過了三兩日，許宣尋思道：“姐姐如何不說起？”忽一日，見姐姐問道：“曾向姐夫商量也不曾？”姐姐道：“這個事不比別樣的事，倉猝不得，又見姐夫這幾日面色心焦，我怕他煩惱，不敢問他。”許宣道：“這個有甚難處，你只怕我教姐夫出錢，故此不理。”便起身到臥房中開箱，取出白娘子的銀來，把與姐姐，請姐夫做主。

頃刻李募事歸來，姐姐道：“丈夫，可知小舅要娶老婆，原來自攢得些私房，如今教我倒換些零碎使用，我們只得與他完就這親事。”李募事接過銀子，看了上面鏨的字號，大叫一聲：“苦！不好了，全家是死！”那妻吃了一驚，問道：“丈夫有甚麼利害之事？”李募事道：“數日前邵太尉庫內封記鎖押俱不動，平空不見了五十錠大銀。現今着落臨安府提捉賊人，出榜緝捕，寫着字號錠數，‘有人捉獲賊人銀子者，賞銀五十兩；知而不報，及窩藏賊人者，除正犯外，全家發邊遠充軍。’這銀子與榜上字號不差，正是邵太尉庫內銀子。即今捉捕十分緊急。一旦事露，實難分說。不管他偷的借的，寧可苦他，不要累我。只得將銀子供出，免了一家之害。”老婆見說了，目睜口呆。當時拿了這錠銀子，徑到臨安府供出。

那大尹聞知這話，火速差了一班眼明手快的公人，徑到官巷口，李家生藥店，提捉正賊許宣，解上臨安府來。正值韓大尹升廳，押過許宣當廳跪下，大尹焦躁道："邵太尉府中不動封鎖，不見了一號大銀五十錠，現有李募事供出，一定這四十九錠也在你處。想不動封皮，不見了銀子，你是個妖人！打！"許宣大叫道："不是妖人，待我分說！"即將借傘討傘的上項事，一一細說一遍。大尹道："白娘子是甚麼樣人？現住何處？"許宣道："她說是白三班白殿直的親妹子，如今見住箭橋邊，雙茶坊巷口。"

那大尹隨即便叫緝捕使臣何立，押領許宣，去雙茶坊巷口捉拿本婦人前來。何立等領了鈞旨，徑到雙茶坊巷口前看時：門前四扇看階，中間兩扇大門，門外卻是垃圾，一條竹子橫夾着。何立等見了這個模樣，倒都呆了！眾鄰舍都走來道："這裏不曾有甚麼白娘子。這屋不五六年前有一個毛巡檢，合家病死了。青天白日，常有鬼出來買東西，無人敢在裏頭住。"何立教眾人解下橫門竹竿，裏面冷清清地，起一陣風，捲出一道腥風來。眾人都吃了一驚，倒退幾步。許宣看了，則聲不得，一似呆的。

公差中，有一個膽大叫王二的道："都跟我來。"發聲喊一齊闖將人去，推開房門一望，牀上掛着一張帳子，箱籠都有，只見一個如花似玉穿着白的美貌娘子，坐在牀上。眾人看了，不敢向前。眾人道："不知娘子是神是鬼？我等奉臨安大尹鈞旨，喚你去與許宣執證公事。"那娘子端然不動。王二道："你們可將一罈酒來，與我吃了，捉她去見大尹。"眾人連忙叫兩三個下去提一罈酒來與王二吃。王二開了罈口，將一罈酒吃盡了，將那空罈望着帳子內打將去。才然打去，只聽得一聲響，卻是青天裏打一個霹靂，眾人都驚倒了！起來看時，牀上不見了那娘子，只見明晃晃一堆銀子。眾人向前看了道："好了。計數四十九錠。我們將銀子去見大尹也罷。"扛了銀子，都到臨安府。

何立將前事稟覆了大尹。大尹道：“定是妖怪了。”差人送五十錠銀子與邵太尉處，將緣由一一稟覆過了。許宣照“不應得為而為之事”，配牢城營做工，牢城營乃蘇州府管下。李募事因供出許宣，心上不安，將邵太尉給賞的五十兩銀子盡數付與小舅作為盤費。李將仕與書二封，一封與押司范院長，一封與吉利橋下開客店的王主人。許宣痛哭一場，拜別姐夫姐姐，帶上行枷，離了杭州到東新橋，下了航船。不一日，來到蘇州，先把書去見了范院長並王主人。范院長、王主人保領許宣不入牢中，就在王主人門前樓上歇了。

二、重逢結合　作法驅道

光陰似箭，日月如梭，又在王主人家住了半年之上。九月下旬，王主人正在門首閒立，只見遠遠一乘轎子，旁邊一個丫鬟跟着，道：“借問一聲：此間不是王主人家麼？我尋臨安府來的許小乙官人。”主人道：“你等一等。”叫道：“小乙哥！有人尋你。”許宣聽得，急走出來，到門前看時，正是青青跟着，轎子裏坐着白娘子。許宣見了，連聲叫道：“死冤家！自被你盜了官庫銀子，帶累我吃了多少苦，如今到此地位，又來做甚麼？”那白娘子道：“小乙官人不要怪我，今番特來與你分辯這件事。我且到主人家裏面與你説。”許宣道：“你是鬼怪，不許入來。”擋住了門不放她。那白娘子道：“奴家不相瞞，主人在上，我怎的是鬼怪？衣裳有縫，對日有影。不幸先夫去世，教我如此被人欺負！做下的事，是先夫日前所為，非干我事。如今怕你怨我，特來分説明白。”主人道：“且教娘子入來坐了説。”

許宣思量了一會，便入到裏面對主人家並媽媽道：“我為她偷了官銀子事，吃了官司。如今又趕到此，有何理説？"白娘子道："先夫留下銀子，我好意送你，我也不知怎的來的？"許宣道："如何做公的捉你之時，門前都是垃圾，就帳子裏一晌不見了你？"白娘子道："我聽得人説你為這銀子捉了去，我怕你説出我來，捉我到官，無奈何只得走去華藏寺前姨娘家躲了。使人擔垃圾堆在門前，把銀子安在牀上，央鄰舍與我説謊。"許宣道："你卻走了去，教我吃官事！"白娘子道："我將銀子安在牀上，只指望要好，哪裏曉得有許多事情？我見你配在這裏，搭船到這裏尋你，如今分説都明白了，我去也。敢是我和你前生沒有夫妻之分！"那王主人道："娘子許多路來到這裏，且當初許嫁小乙哥，卻又回去；且留在此間住幾日。"打發了轎子，不在話下。

過了數日，白娘子先自奉承好了主人的媽媽，那媽媽勸主人與許宣説合，選定十一月十一日成親，共百年諧老。光陰一瞬，早到吉日良時。白娘子取出銀兩，央王主人辦備喜筵，二人拜堂結親。白娘子放出迷人聲態，顛鸞倒鳳，百媚千嬌，喜得許宣如遇神仙，只恨相見之晚。自此，夫妻二人如魚似水，終日在王主人家快樂昏迷纏定。

日往月來，又早半年光景。春氣融和，花開如錦，車馬往來，街坊熱鬧。主人向許宣道："今日是二月半，男子婦人，都去看臥佛。你也好去承天寺裏閒走一遭。"許宣見説，即上樓來，和白娘子説。白娘子道："有甚好看，只在家中卻不好？"許宣道："我去閒耍一遭就回，不妨。"許宣離了店內，有幾個相識，同走到寺裏看臥佛。繞廊下各處殿上觀看了一遭，方出寺來，見一個先生，穿着道袍，坐在寺前賣藥，散施符水。看見許宣頭上一道黑氣，便叫道："你近來有一妖怪纏你，其害非輕！我與你二道靈符，救你性命。一道符，三更燒，一道符放在自頭髮內。"許宣接了符，納頭便拜，心想道：“我也疑惑那婦人是妖怪，真個是實。”謝了先生，徑回店中。

至晚，白娘子與青青睡着了，許宣起來道：“料有三更了！”將一道符放在自頭髮內，正欲將一道符燒化，只見白娘子歎了一口氣道：“小乙哥和我許多時夫妻，尚兀自不把我親熱，卻信別人言語，半夜三更，燒符來壓鎮我！你且把符來燒看！”就奪過符來，一時燒化，全無動靜。白娘子道：“卻如何？説我是妖怪！”許宣道：“不干我事。臥佛寺前一雲遊先生，知你是妖怪。”白娘子道：“明日同你去看他一看，如何模樣的先生。”次日，夫妻二人，來到臥佛寺前。只見一簇人，團團圍着那先生，在那裏散符水。只見白娘子睜一雙妖眼，到先生面前，喝一聲：“你好無禮！在我丈夫面前説我是一個妖怪，書符來捉我！”那先生回言：“我行的是五雷天心正法，凡有妖怪，吃了我的符，她即變出真形來。”即書一道符，遞與白娘子。白娘子接過符來，便吞下去。眾人都看，沒些動靜。眾人道：“這個婦人，如何説是妖怪？”眾人把那先生罵得口睜眼呆，惶恐滿面。白娘子道：“眾位官人在此，他捉我不得。我自小學得個戲術，且把先生試來與眾人看。”只見白娘子口內喃喃的，不知唸些甚麼。那先生似被擒着，縮做一堆，懸空而起。眾人看了齊吃一驚。娘子道：“若不是眾位面上，把這先生吊他一年。”白娘子噴口氣，只見那先生依然放下，飛也似走了。眾人都散了。夫妻依舊回來。不在話下。

不覺光陰似箭，又是四月初八日，釋迦佛生辰。只見街市上人抬着柏亭浴佛，家家佈施。鄰舍邊一個小的，叫做鐵頭，道：“小乙官人，今日承天寺裏做佛會，你去看一看。”許宣轉身到裏面，對白娘子說了。娘子道：“你要去，身上衣服舊了不好看，我打扮你去。”叫青青取新鮮時樣衣服來。許宣戴一頂黑漆頭巾，腦後一雙白玉環；穿一領青羅道袍，腳着一雙皂靴，手中拿一把細巧春羅扇。打扮得上下齊整。許宣叫了鐵頭相伴，徑到承天寺來看佛會。只聽得有人説道：「昨夜周將仕典當庫內，不見了四五千貫金珠細軟物件。現今開單告官，挨查沒捉人處。」許宣聽得，不解其意，自同鐵頭入寺。只見五六個公人，看了許宣，心想道：「此人身上穿的，手中拿的，好似那話兒？」其中一個認得許宣的道：「小乙官，扇子借我一看。」許宣將扇遞與公人。那公人道：「你們看這扇子扇墜，與單上開的一般！」眾人喝聲「拿了！」就把許宣一索子綁了。許宣道：「眾人休要錯了，我是無罪之人。」眾公人道：「是不是，且去府前周將仕家分解！他店中失去五千貫金珠細軟，白玉縧環，細巧百摺扇，珊瑚墜子，大膽漢子，你如今頭上、身上、腳上，都是他家物件，公然出外，全無忌憚！你自去蘇州府廳上分説。」

次日大尹升廳，押過許宣見了。大尹審問：「盜了周將仕庫內金珠寶物在於何處？從實供來，免受刑法拷打。」許宣道：「稟上相公，小人穿的衣服物件皆是妻子白娘子的，不知從何而來。望相公明鏡詳辨！」大尹即差緝捕使臣袁子明押了許宣火速來到王主人店中，尋白娘子不着，袁子明將王主人捉了，見大尹回話，王主人細細稟覆了，大尹道：「且把許宣監了。」王主人使用了些錢，保出在外，許宣終只得個小罪名，杖一百，押發鎮江府牢城營做工。

卻説邵太尉使李募事到蘇州幹事，來王主人家歇。主人家把許宣來到這裏，又吃官事，一一從頭説了一遍。李募事道：「鎮江去便不妨。我有一個結拜的叔叔，姓李名克用，在針子橋下開生藥店。我寫一封書，你可去投託他。」許宣只得問姐夫借了些盤纏，收拾行李起程。

不則一日，來到鎮江。先尋李克用家，來到針子橋生藥舖內，只見主管正在門前賣生藥。老將仕從裏面走出來，接過書信後，便領許宣一同到家中，拜謝了克用，克用見李募事書，說道："許宣原是生藥店中主管。"因此留他在店中做買賣，夜間教他去五條巷賣豆腐的王公樓上歇。

一晚，許宣與藥店趙主管夜飯散後，覺得有醉意，恐怕衝撞了人，從屋簷下回去。正走之間，只見一家樓上推開窗，將熨斗播灰下來，都傾在許宣頭上。許宣半醉半罵間，抬頭一看，正是白娘子。禁不住怒從心上起，罵道："你這賊賤妖精，連累得我好苦！吃了兩場官事！"白娘子陪着笑面道："丈夫，和你說來事長。你聽我說：當初這衣服，都是我先夫留下的。我與你恩愛深重，教你穿在身上，竟落得恩將仇報。"許宣道："那日我回來尋你，如何不見了？"白娘子道："我到寺前，聽得說你被捉了去，教青青打聽不着，只道你脫身走了。怕來捉我，教青青連忙討了一隻船，到建康府娘舅家去。昨日才到這裏。我也道連累你兩場官事，也有何面目見你！你怪我也無用了。我與你情似泰山，誓同生死，可看日常夫妻之面，隨我到住處，和你百年偕老，卻不是好！"許宣被白娘子一騙，回嗔作喜，沉吟了半晌，便不回住處，就在白娘子樓上歇了。

次日，許宣與白娘子商量，去見主人李員外媽媽家眷。白娘子道："你在他家做主管，去參見了他，也好日常走動。"即僱了轎子，來到李員外家。下了轎子，進到裏面，李克用連忙來見，白娘子深深道個萬福，拜了兩拜，媽媽也拜了兩拜，內眷都參見了。原來李克用年紀雖然高大，卻專好色。見了白娘子有傾國之姿，目不轉睛，看白娘子，心中思想："如何得這婦人共宿一宵？"眉頭一簇，計上心來，道："六月十三是我壽誕之日，準教這婦人着我一個道兒。"

不覺又是六月初間。李員外道："媽媽，十三日是我壽誕，可做一個筵席，請親眷朋友鬧耍一日，也是一生的快樂。"當日親眷鄰友主管人等，都來赴筵，白娘子也來，十分打扮，李員外預先吩咐腹心養娘道："若是白娘子起身淨手，你可引她到後面僻淨房內去。"李員外設計已定，先自躲在後面。只見白娘子真個要去淨手，養娘便引她到後面一間僻淨房內去。養娘自回。那員外心中淫亂，不敢便走進去，卻在門縫裏窺看，但不見如花似玉體態，只見房中蟠着一條大白蛇，兩眼一似燈盞，放出金光來。員外驚得半死，回身便走，一絆一跤。眾養娘扶起看時，面青口白。主管慌忙用安魂定魄丹服了，方才醒來。老安人與眾人都來看了道："你為何大驚小怪？"李員外只說道："我今日起得早了，連日又辛苦了些，頭風病發暈倒了。"扶去房裏睡了。

白娘子回到家中思想，恐怕明日李員外在舖中對許宣說出本相來。便生一條計，向許宣道："李員外原來假做生日，其心不善。因見我起身淨手，他躲在裏面，扯裙扯褲，來調戲我。被我一推倒地，他怕羞沒意思，假說暈倒了。"許宣道："既不曾姦騙你，他是我主人家，出於無奈，只得忍了。"白娘子道："男子漢！我被他這般欺負，你還去他家做主管？"許宣道："你教我何處去安身？做何生計？"白娘子道："做人家主管，也是下賤之事。不如自開一個生藥舖。我明日把些銀子，你先去賃了間房子。"次日，許宣問白娘子討了些銀子，教鄰舍蔣和去鎮江渡口馬頭上，賃了一間房子，買下一副生藥廚櫃，陸續收買生藥。十月前後，俱已完備，選日開張藥店，那李員外也自知惶恐，不去留他。

三、法海收妖　永鎮寶塔

許宣自開店來，買賣一日與一日，賺得厚利。不覺又是七月初七日，許宣正開店賣藥，只見街上熱鬧，人來人往。幫閒的蔣和道：“小乙官今日何不去寺內閒走一遭？”許宣進去對白娘子道：“我去金山寺燒香，你可照管家裏。”白娘子道：“你既要去，我也擋你不得，只要依我三件事。一件，不要去方丈內去；二件，不要與和尚說話；三件，去了就回。來得遲，我便來尋你也。”許宣道：“這個都依得。”當時換了新鮮衣服鞋襪，袖了香盒，同蔣和徑到江邊，搭了船，投金山寺來。先到龍王堂燒了香，繞寺閒走了一遍，同眾人信步來到方丈門前。許宣猛省道：“妻子吩咐我休要進方丈內去。”立住了腳，不進去。蔣和道：“不妨事，她自在家中，回去只說不曾去便了。”說罷，走入去，看了一回，便出來。

且說方丈當中座上，坐着一個有德行的和尚，圓頂方袍，一見許宣走過，便叫侍者：“快叫那後生進來。”侍者看了一回，人千人萬，亂滾滾的，又不記得他，回說：“不知他走哪邊去了？”和尚見說，持了禪杖，自出方丈來，前後尋不見。復身出寺來看，只見眾人都在那裏等風浪靜了落船。那風浪越大了，道：“去不得。”正看之間，只見江心裏一隻船飛也似來得快。許宣對蔣和道：“那隻船如何到來得快？”正說之間，船已將近。看時，一個穿白的婦人，一個穿青的女子來到岸邊，仔細一認，正是白娘子和青青兩個。白娘子叫道：“你如何不歸？快來上船！”許宣卻欲上船，只聽得有人在背後喝道：“孽畜在此做甚麼？"許宣回頭看時，人說道："法海禪師來了！"白娘子見了和尚，搖開船，和青青把船一翻，兩個都翻下水底去了。許宣回身看着和尚便拜："告尊師，救弟子一條草命！"禪師道："你如何遇着這婦人？"許宣把前項事情從頭說了一遍。禪師聽罷，道："這婦人正是妖怪，汝可速回杭州去。如再來纏汝，可到湖南淨慈寺裏來尋我。許宣拜謝了法海禪師，同蔣和下了渡船，過了江，上岸歸家。白娘子同青青都不見了。方才信是妖精。到晚來，心中昏悶，一夜不睡。次日早起，卻又搬回針子橋李克用家，不覺住過兩月有餘。

忽一日宋高宗策立孝宗，降赦通行天下，只除人命大事，其餘小事，盡行赦放回家。許宣遇赦，歡喜不勝，闔家大小，俱拜別了。來到家中，見了姐夫姐姐，拜了四拜。李募事見了許宣焦躁道："你在李員外家娶了老小，不直寄封書來教我知道，真的無仁無義！"許宣說："我不曾娶妻小。"姐夫道："兩日前，有一個婦人帶着一個丫鬟，道是你的妻子。說你七月初七日去金山寺燒香，不見回來。直到如今，打聽得你回杭州，同丫鬟先到這裏等你兩日了。"教人叫出那婦人和丫鬟見了許宣。許宣看見，果是白娘子青青。禁不住目睜口呆，吃了一驚。不在姐夫姐姐面前細說實情，只得任他埋怨了一場。

李募事教許宣共白娘子去一間房內去安身。許宣見晚了，怕這白娘子，心中慌了。不敢向前，朝着白娘子跪在地下道："不知你是何神何鬼？可饒我的性命！"白娘子道："小乙哥是何道理？我與你平生夫婦，共枕同衾，許多恩愛，如今卻信別人閒言語，教我夫妻不睦。我如今實對你說，若生外心，教你滿城皆為血水，人人手攀洪浪，皆死於非命。"驚得許宣戰戰兢兢，半晌無言可答，不敢走近前去。青青勸道："官人，娘子愛你杭州人生得好，又喜你恩情深重。聽我說，與娘子和睦了，休要疑慮。"許宣吃兩個纏不過，叫道："卻是苦耶！”只見姐姐在天井裏乘涼，聽得叫苦，連忙來到房前，只道他兩個兒廝鬧，拖了許宣出來。白娘子關上房門自睡。許宣把前因後事，一一對姐姐告訴了一遍。

卻好姐夫乘涼歸房。姐姐道：“他兩口兒廝鬧了，如今不知睡了也未，你且去張一張了來。”李募事走到房前，將舌頭舐破紙窗，只見一條水桶來大的蟒蛇，睡在牀上，伸頭在天窗內乘涼，鱗甲內放出白光來，照得房內如同白日。吃了一驚，回身便走。來到房中，不說其事。許宣躲在姐姐房中，不敢出頭。姐夫也不問他。過了一夜，次日，李募事叫許宣出去，到僻靜處問許宣白娘子的來歷，許宣便把從頭事，一一對姐夫説了一遍，道：“姐夫，如今怎麼處？”李募事道：“眼見實是妖怪了，如今赤山埠前張成家欠我一千貫錢。你去那裏靜處，討一間房兒住下。那怪物不見了你，自然去了。”即寫了書帖，和票子做一封，教許宣往赤山埠去。

許宣來到赤山埠，尋着了張成。隨即袖中取票時，不見了。只叫得苦，慌忙轉步，一路尋回來時，哪裏見。正悶之間，來到淨慈寺前，忽地裏想起那金山寺長老法海禪師曾吩咐來：“倘若那妖怪再來杭州纏你，可來淨慈寺內來尋我。如今不尋，更待何時。”急入寺中，問監寺道：“動問和尚，法海禪師曾來上剎也未？”那和尚道：“不曾到來。”許宣聽得説不在，越悶。折身便回來長橋下，自言自語道：“‘時衰鬼弄人’，我要性命何用？”

看着一湖清水，卻待要跳！只聽得背後有人叫道：“男子漢何故輕生？有事何不問我！”許宣回頭看時，正是法海禪師。許宣見了納頭便拜，道：“求尊師救一命。”禪師於袖中取出一個鉢盂，遞與許宣道：“你若到家，悄悄的將此物劈頭一罩，緊緊的按住，不可心慌，你便回去。”

許宣拜謝了禪師，回家。只見白娘子正在那裏，口內喃喃的罵道：「不知甚人挑撥我丈夫和我做冤家，打聽出來，和他理會！」正是有心等了沒心的，許宣張得她眼慢，背後悄悄的，望白娘子頭上一罩，用盡平生氣力納住。只聽得鉢盂內道：「和你數載夫妻，好沒一些兒人情！略放一放！」許宣正沒了結處，連忙教李募事請禪師進來。來到裏面，許宣道：「救弟子則個！」不知禪師口裏唸的甚麼，唸畢，輕輕地揭起鉢盂，只見白娘子縮做七八寸長，如傀儡人像，雙眸緊閉，伏在地下。禪師喝道：「是何孽畜妖怪，怎敢纏人？」白娘子答道：「禪師，我是一條大蟒蛇。因為風雨大作，來到西湖上安身，不想遇着許宣，春心蕩漾，按納不住，一時冒犯天條，卻不曾殺生害命。望禪師慈悲則個！」禪師又問：「青青是何怪？」白娘子道：「青青是西湖內第三橋下潭內千年成氣的青魚。一時遇着，拖她為伴，她不曾得一日歡娛，並望禪師憐憫！」禪師道：「念你千年修煉，免你一死，可現本相！」白娘子不肯。禪師勃然大怒，口中唸唸有詞，須臾庭前起一陣狂風，只聞得豁刺一聲響，半空中墜下一個青魚，有一大多長，向地撥刺的連跳幾跳，縮做尺餘長一個小青魚。那白娘子也復了原形，變了三尺長一條白蛇，兀自昂頭看着許宣。禪師將二物置於鉢盂之內，扯下褊衫一幅，封了鉢盂口，拿到雷峯寺前，將鉢盂放在地下，令人搬磚運石，砌成一塔。後來許宣化緣，砌成了七層寶塔。千年萬載，白蛇和青魚不能出世。

包青天

　　話説大宋元祐年間，有個賣卦先生李傑，是開封府人。去兗州府奉符縣前，開個卜肆，用金紙糊着一把太阿寶劍，底下一個招兒，寫道："斬天下無學同聲。"一日，見一個人走將進來，和先生相揖罷，説了年月日時，舖下卦子。只見先生道："這命難算。"那個買卦的，卻是奉符縣裏第一名押司，姓孫名文，問道："怎地難算？我不諱，但説不妨。"先生道："卦象不好。"寫下四句來，道是"白虎臨身日，臨身必有災。不過明日丑，親族盡悲哀。"

　　押司看了，問道："此卦主何災福？"先生道："實不敢瞞，主尊官當死。"又問："卻是我幾年上當死？"先生道："今年死。"又問："卻是今年幾月死？"先生道："今年今月死。"又問："卻是今年今月幾日死？"先生道："今年今月今日死。"再問："早晚時辰？"先生道："今年今月今日三更三點子時當死。"押司道："若今夜真個死，萬事全休；若不死，明日和你縣裏理會。"先生道："今夜不死，尊官明日來取下這斬無學同聲的劍，斬了小子的頭。"押司聽説，不覺怒從心上起，把那先生摔出卦舖去。先生道："若要奉承人，卦就不準了，若説實話，又惹人怪。'此處不留人，自有留人處！'"歎口氣，收了卦舖，搬在別處去了。

　　卻説孫押司當日歸到家中，押司娘見他眉頭不展，便問："有甚事煩惱？想是今日被知縣責罰來？"押司道："不是。我今日去縣前買個卦，那先生道，我在今年今月今日三更三點子時當死。"押司娘聽得説，星眼圓睜，問道："怎地平白一個人，今夜便教死！丈夫，你且只在家裏稍待。我如今替你去尋那個先生問他。我丈夫又不少官錢私債，又無甚官事臨逼，做甚麼今夜三更便死！”押司道：“你且休去。待我今夜不死，明日我自與他理會。且安排幾杯酒來吃着。我今夜不睡，消遣這一夜。”

三杯兩盞，不覺吃得爛醉。只見孫押司在校椅上，朦朧着醉眼，打瞌睡。渾家道：“丈夫，怎地便睡着？”叫迎兒：“你且搖醒爹爹來。”迎兒到身邊搖着不醒，押司娘道：“迎兒，我和你扶押司入房裏去睡。”孫押司只吃着酒消遣一夜，千不合萬不合上牀去睡。

渾家見丈夫先去睡，吩咐迎兒廚下打滅了火燭，說與迎兒道：“我曾聽你爹爹說，日間賣卦的算你爹爹今夜三更當死？你且莫睡，我和你做些針線，且看今夜死也不死？若還今夜不死，明日與他理會。”迎兒道：“哪裏敢睡！……”道猶未了，迎兒打瞌睡。押司娘道：“迎兒，我教你莫睡，如何便睡着！”迎兒道：“我不睡。”押司娘問她如今甚時候了？迎兒聽縣衙更鼓，正打三更三點。押司娘道：“迎兒，且莫睡！這時辰正尷尬哪！”迎兒又睡着，叫不應。只聽得押司從牀上跳將下來，突然中門響。押司娘急忙叫醒迎兒，點燈看時，只見一個着白的人，一隻手掩着面，走出去，撲通地跳入奉符縣河裏去了。

那條河直通着黃河水，滴溜也似緊，哪裏打撈屍首！押司娘和迎兒就河邊號天大哭道：“押司，你卻怎地投河，教我兩個靠誰！”即時叫起四家鄰舍來，上手住的刁嫂，下手住的毛嫂，對門住的高嫂鮑嫂，一發都來。押司娘把上件事對他們說了一遍。毛嫂道：“我日裏兀自見押司着了皂衫，袖着文字歸來，和老媳婦相叫來。”高嫂道：“便是，我也和押司廝叫來。”鮑嫂道：“我家裏的早間去縣前有事，見押司捽着賣卦的先生，兀自歸來說；怎知道如今真個死了！”刁嫂道：“押司，你怎地不吩咐我們鄰舍則個，如何便死！"簌地兩行淚下。鮑嫂道："押司，幾時再得見你！"即時地方申呈官司，押司娘少不得做些功果追薦亡靈。

撚指間過了三個月。一日，押司娘和迎兒在家坐地，只見兩個婦女，吃得面紅頰赤，提着一瓶酒，掀開布簾入來，押司娘一看，卻是兩個媒人，無非是姓張姓李。押司娘道："婆婆多時不見。"媒婆道："押司娘煩惱！外日不知，不曾送得香紙來，莫怪則個！押司在日，直恁地好人。有時老媳婦和他廝叫，還唦不迭。時今死了許多時，宅中冷靜。也好說頭親事。"押司娘道："何年月日再生得一個似我那丈夫這般人？"媒婆道："恁地也不難。老媳婦卻有一頭好親。"押司娘道："婆婆休只管來說親。你若依得我三件事，便來說；若依不得我，一世不說這親，寧可守孤孀度日。"媒婆道："哪三件事？"押司娘道："第一件，我死的丈夫姓孫，如今也要嫁個姓孫的；第二件，我先丈夫是奉符縣裏第一名押司，如今也只要恁般職役的人；第三件，不嫁出去，則要他入舍。"兩個聽得說，道："若是說別件事，還費些計較，偏是這三件事，老媳婦都依得。先押司是奉符縣裏第一名押司，喚做大孫押司；如今來說親的，原是奉符縣第二名押司。如今死了大孫押司，鑽上差役，做第一名押司，喚做小孫押司。他也肯來入舍。押司娘嫁這小孫押司，是肯也不？"押司娘道："不信有許多湊巧！"張媒道："老媳婦今年七十二歲了。若胡說時，變做隻雌狗，在押司娘家吃屎。"押司娘道："果然如此，煩婆婆且去說看。不知緣分如何？"張媒道："就今日好日，寫一個利市團圓吉帖。"

押司娘教迎兒取筆硯來，寫了帖子。兩個媒婆接去。免不得下財納禮，往來傳話。不上兩月，入舍小孫押司在家。夫妻兩個，好一對兒，果是說得着。不一日，兩口兒吃得酒醉，教迎兒做醒酒湯來吃。迎兒去廚下一頭燒火，口裏埋怨道："先的押司在時，怎早晚，我自睡了。如今卻教我做醒酒湯！"只見火筒塞住了孔，燒不着。迎兒低着頭，把火筒去灶牀腳上敲，敲未得幾聲，則見灶牀腳漸漸起來，見一個人頂着灶牀，項上套着井欄，披着一帶頭髮，長伸着舌頭，眼裏滴出血來，叫道："迎兒，與爹爹做主！"嚇得迎兒大叫一聲，匹然倒地，面皮黃，眼無光，四肢不舉。

夫妻兩人急來救得迎兒甦醒，討些安魂定魄湯與她吃了。問道："你適來見了甚麼，便倒了？"迎兒將見先押司爹爹呼冤之事，告知媽媽，押司娘見說，倒把迎兒打個漏風掌"你這丫頭，教你做醒酒湯，說道懶做便了，直裝出許多死模活樣！莫做莫做。打滅了火去睡。"迎兒自去睡了。且說夫妻兩個歸房，押司娘低低說道："二哥，這丫頭不中用。教她離了我家罷。"小孫押司道："卻教她哪裏去？"押司娘道："我自有道理。"到天明，押司娘叫過迎兒來道："迎兒，你在我家裏也有七八年，你如今比不得先押司在日做事。我看你肚裏莫是要嫁個老公。如今我與你說頭親。"迎兒道："卻教迎兒嫁誰？"

當時不由迎兒做主，把來嫁了一個人，姓王名興，渾名喚做王酒酒，又吃酒，又要賭。迎兒嫁去，才三個月，把房錢都費盡了。那廝吃得醉，走來家罵迎兒道："打脊賤人！見我怎般苦，不去問你舊主借三五百錢來做盤纏？"迎兒吃不得這廝罵，把裙兒繫了腰，一程走來小孫押司家中。見了押司娘道："實不敢瞞，迎兒嫁那廝不着，又吃酒，又要賭；如今未得三個月，有些房錢，都使盡了。沒計奈何，求媽媽借三五百錢來做盤纏。"押司娘道："迎兒，你嫁人不着，是你的事。我今與你一兩銀子，後番卻休要來。"迎兒接了銀子，謝了媽媽歸家。那得四五日，又使盡了。當日天色晚，王興那廝吃得酒醉，走來看着迎兒道：「打脊賤人！你見恁般苦，再告舊主借些錢來，你若不去時，打折你一隻腳！」迎兒吃罵不過，只得連夜走來孫押司門首看時，門卻關了。迎兒欲敲門，又恐怕他埋怨，進退兩難。只得再走回來。過了兩三家人家，只見一個人道：「迎兒，我與你一件物事。」

迎兒回過頭來看那叫的人，只見人家屋簷頭，一個人，緋袍角帶，低聲叫道：「迎兒，我是你先的押司。如今現在一個去處，未敢說與你知道。你把手來，我與你一件物事。」迎兒接了這件物事，隨手不見了那個緋袍角帶的人。迎兒看那物事時，卻是一包碎銀子。迎兒歸到家中敲門。只聽得裏面道：「姐姐，你去舊主家裏，如何恁晚才回？」迎兒遂將得先押司送物一事，細述一遍，王興聽說道：「打脊賤人！你在我面前說鬼話！你這一包銀子，來得不明，你且進來。」迎兒入去，王興道：「姐姐，你尋常說那灶前看見先押司的話，我也都記得。這事一定有些蹊蹺。我卻怕鄰舍聽得，故恁地如此說。你把銀子收好，待天明去縣裏首告他。」

王興到天明時，思量道：「且住，有兩件事告首不得。第一件，他是縣裏頭名押司，我怎敢惡了他！第二件，無實跡，連這些銀子也待入官，卻打沒頭腦官司。不如贖幾件衣裳，買兩個盒子送去孫押司家裏。」計較已定，兩人打扮身上乾淨，走來孫押司家。押司娘看見他夫妻二人，身上乾淨，又送盒子來，便道：「你哪得錢鈔？」王興道：「昨日得押司一件文字，撰得有二兩銀子，送些盒子來。如今也不吃酒，也不賭錢了。」押司娘道：「王興，你自歸去，且教你老婆在此住兩日。」王興去了。押司娘對着迎兒道：「我有一炷東峯岱岳願香要還。我明日同你去。」當晚無話。明早起來，梳洗罷，押司自去縣裏去。押司娘鎖了門，和迎兒同行。到東岳廟殿上燒了香，下殿來去那兩廊下燒香。行到速報司前，迎兒裙帶繫得鬆，脫了裙帶。押司娘先行過去。迎兒正在後面繫裙帶，只見速報司裏，有個緋袍角帶的判官，叫：“迎兒，我便是你先的押司。你與我申冤則個！我與你這件物事。”迎兒接得來，慌忙揣在懷裏，也不敢說與押司娘知道。當日燒了香，各自歸家。把上項事對王興說了。王興討那物事看時，卻是一幅紙。上寫道：

> “大女子，小女子，前人耕來後人餌。要知三更事，掇開火下水。來年二三月，‘句巳’當解此。”

王興看了解說不出。吩咐迎兒不要說與別人知道。看來年二三月間有甚麼事。

撚指間，到來年二月間，換個知縣，是廬州人，姓包名拯，就是今人傳說有名的包青天相公。——他後來官至龍圖閣學士，所以又叫做包龍圖。——此時做知縣還是初任。那包爺聰明正直，做知縣時，便能斷天下狐疑之獄。到任三日，未曾理事。夜間得其一夢，夢見自己坐堂，堂上貼一聯對子：

> “要知三更事，掇開火下水。”

包爺次日早堂，喚吏書將這兩句解說，無人能識。包公討白牌一面。喚小孫押司動筆將這一聯楷書在上。寫畢，包公將朱筆判在後面，“如有能解此語者，賞銀十兩。”將牌掛於縣門，哄動縣前縣後官民，都來睹先爭看。卻說王興正在縣前買棗糕吃，聽見人說知縣相公掛一面白牌出來，走來看時，正是速報司判官一幅紙上寫的話。暗地吃了一驚，回去與渾家說知此事。迎兒道：“先押司三遍出現，教我與他申冤，又白白裏得了他一包銀子。若不去出首，只怕鬼神見責。”王興意猶不決。再到縣前，正遇了鄰人裴孔目。王興平曉得裴孔目是知事的，一手扯到僻靜巷裏，將此事與他商議：“該出首也不該？”

裴孔目道：“那速報司這一幅紙在哪裏？”王興道：“現藏在我渾家衣服箱裏。”裴孔目道：“我先去與你稟官。你回去取了這幅紙，帶到縣裏。待知縣相公喚你時，你卻拿出來，做個證見。”當下王興去了。裴孔目候包爺退堂，見小孫押司不在左右，就跪過去，稟道：“老爺白牌上寫這二句，只有鄰舍王興曉得來歷。”包爺問道：“王興如今在哪裏？”裴孔目道：“已回家取那一幅紙去了。”包爺差人速拿王興回話。卻說王興回家，開了渾家的衣箱，檢那幅紙出來看時，只叫得苦，原來是一張素紙，字跡全無。不敢到縣裏去，懷着鬼胎，躲在家裏。知縣相公的差人到了。無法推辭，只得帶了這張素紙，隨着公差進縣，直至後堂。

包爺摒去左右，只留裴孔目在旁。包爺問王興取那幅紙來看，王興連連叩頭稟道：“小人的妻子，去年在岳廟燒香，走到速報司前，那神道出現，與她一幅紙。紙上其實有老爺白牌上寫的兩句。小的方才去檢看，變了一張素紙。如今這素紙現在，小人不敢說謊。”包爺取紙上來看了，問道：“這一篇言語，你可記得？”王興道：“小人還記得。”即時唸與包爺聽了。包爺將字寫出，仔細推詳了一會，叫：“王興，那神道把這一幅紙與你的老婆，可再有甚麼言語吩咐？”王興道：“那神道只叫與他申冤。”包爺大怒，喚道：“胡說！做了神道，有甚冤沒處申得！這等無稽之言，卻哄誰來！”王興慌忙叩頭道：“老爺，是有個緣故。”包爺道：“你細細講，如無理時，今日就是你開棒了。”

王興稟道：“小人的妻子，原是服侍本縣大孫押司的，叫做迎兒。因算命的算那大孫押司其年其月其日三更三點命裏該死。何期果然死了。主母隨了如今的小孫押司。卻把迎兒嫁與小人為妻。小人的妻子，初次在孫家灶下，看見先押司現身，項上套着井欄，披髮吐舌，叫道："迎兒，可與你爹爹做主。"第二次夜間到孫家門首，又遇見先押司，緋袍角帶，把一包碎銀，與小人的妻子。第三遍岳廟裏速報司判官出現，將這一幅紙與小人的妻子，又囑咐與他申冤。那判官爺模樣，就是大孫押司，是小人妻子舊日的家主。"包爺聞言，呵呵大笑。"原來如此！"喝教左右去拿那小孫押司夫婦二人到來，"你兩個做得好事！"小孫押司道："小人不曾做甚麼事。"

包爺將速報司一篇言語解説出來：“‘大女子，小女子’，女之子，乃外孫；是説外郎姓孫，分明是大孫押司，小孫押司；‘前人耕來後人餌’，餌者食也，是説你白得他的老婆，享用他的家業；‘要知三更事，撥開火下水’，大孫押司，死於三更時分；要知死的根由，‘撥開火下水’，那迎兒見家主在灶下，披髮吐舌，此乃勒死之狀。頭上套着井欄，井者水也，灶者火也，水在火下，你家灶必砌在井上，死者之屍，必在井中。‘來年二三月’，正是今日。‘句巳當解此’，‘句巳’兩字，合來乃是個包字。是説我包某今日到此為官，解其語意，與他雪冤。”喚教左右同王興押着小孫押司，到他家灶下，發開灶牀脚，地下是一塊石板，石板下是一口井。喚集土工，將井水吊乾，絡了竹籃，放人下去打撈，撈起一個屍首來。眾人齊來認看，認得是大孫押司。項上果有勒帛。小孫押司唬得面如土色，不敢開口。眾人俱各駭然。

　　原來這小孫押司當初是大雪裏凍倒的人，當時大孫押司見他凍倒，救他活了，教他識字，寫文書。不想渾家與他有事。當日大孫押司算命回來時，恰好小孫押司正閃在他家。見説三更前後當死，趁這個機會，把酒灌醉了，就當夜勒死了大孫押司，攛在井裏。小孫押司卻掩着面走去，把一塊大石頭漾在奉符縣河裏，撲通地一聲響。當時只道大孫押司投河死了。後來卻把灶來壓在井上。次後説成親事。

　　當下眾人回覆了包爺。押司和押司娘不打自招，雙雙問成死罪，償了大孫押司之命。包爺初任，因斷了這件公事，名聞天下。

怒沉百寶箱

　　話說明神宗萬曆年間，兩京太學生中，有一人姓李名甲，浙江紹興府人氏。父親李布政所生三兒，惟甲居長，在京師太學研習，與同鄉柳遇春監生同遊教坊司院內，與一個名姬相遇。那名姬姓杜，排行第十，院中都稱為杜十娘，生得雅艷標致。今一十九歲，七年之內，不知歷過了多少公子王孫，一個個情迷意蕩，破家蕩產而不惜。

　　卻說李公子風流年少，未逢美色，自遇了杜十娘，喜出望外，把花柳情懷，一擔兒挑在她身上。十娘因見鴇兒貪財無義，久有從良之志；又見李公子忠厚志誠，甚有心向他。奈李公子懼怕老爺，不敢應承。雖則如此，兩下情好越密，終日相守，如夫婦一般，海誓山盟，各無他志。

　　再說杜媽媽女兒，被李公子佔住，別的富家巨室，聞名上門，求一見而不可得。初時李公子撒漫用錢，大差大使，媽媽奉承不暇。日往月來，不覺一年有餘，李公子囊篋漸漸空虛，手不應心，媽媽也就怠慢了。老布政在家聞知兒子嫖院，幾遍寫字來喚他回去。他迷戀十娘顏色，終日延捱。後來聞知老爺在家發怒，越不敢回。那杜十娘與李公子真情相好，見他手頭越短，心頭越熱。媽媽也幾遍教女兒打發李甲出院，將十娘叱罵道：“我們行戶人家，吃客穿客，前門送舊，後門迎新，自從那李甲在此，混賬一年有餘，莫說新客，連舊主顧都斷了，弄得老娘一家人家，有氣無煙，成甚麼模樣！”杜十娘被罵，耐性不住，便回答道：“那李公子不是空手上門的，也曾費過大錢來。”媽媽道：“彼一時，此一時，你對那窮漢說：有本事出幾兩銀子與我，我另討個丫頭過活卻不好？”十娘道：

"媽媽，這話是真是假？"媽媽曉得李甲囊無一錢，衣衫都典盡了，料他沒處設法。便應道："老娘從不說謊，當真哩。"十娘道："娘，你要他許多銀子？"媽媽道："可憐那窮漢出不起，只要他三百兩，我自去討一個粉頭代替。只一件，須是三日內交付與我。若三日沒有銀時，老身也不管公子不公子，打那光棍出去。那時莫怪老身！"十娘道："公子雖在客邊乏鈔，諒三百金還措辦得來。只是三日太近，限他十日便好。"媽媽想道："這窮漢一雙赤手，便限他一百日，他哪裏來銀子。沒有銀子，便鐵皮包臉，料也無顏上門。"答應道："看你面，便寬到十日。第十日沒有銀子，不干老娘之事。"十娘道："若十日內無銀，料他也無顏再見了。只怕有了三百兩銀子，媽媽又翻悔起來。"媽媽道："老身年五十一歲了，又奉十齋，怎敢說謊？不信時與你拍掌為定。若翻悔時，做豬做狗。"

是夜，十娘與公子在枕邊，議及終身之事。公子道："我非無此心。但教坊落籍，其費甚多，我囊空如洗，如之奈何！"十娘道："妾已與媽媽議定只要三百金，但須十日內措辦。郎君遊資雖罄，然都中豈無親友，可以借貸。"公子道："親友中為我留戀行院，都不相顧。明日只做束裝起身，各家告辭，就開口假貸路費，湊聚將來，或可滿得此數。"起身梳洗，辭別十娘出了院門，來到三親四友處，假說起身告別，眾人倒也歡喜。後來敘到路費欠缺，意欲借貸。親友們就不招架。道李公子是風流浪子，迷戀煙花，年許不歸，父親都為他氣壞在家。他今日抖然要回，未知真假。倘或說騙盤纏到手，又去還脂粉錢，父親知道，始終只是一怪，不如辭了乾淨。人人如此，並沒有個慷慨丈夫，肯許他一十二十兩。李公子一連奔走了三日，分毫無獲，又不敢回決十娘，到第四日又沒想頭，就羞回院中。只得往同鄉柳監生寓所借歇。

柳遇春見公子愁容可掬，問其來歷。公子將杜十娘願嫁之情，備細說了。遇春搖首道：“未必，未必。那杜十娘曲中第一名姬，要從良時，那鴇兒如何只要三百兩？想鴇兒怪你無錢使用，白白佔住她的女兒，設計打發你出門。杜十娘與你相處已久，又礙卻面皮，不好明言。明知你手內空虛，故意將三百兩賣個人情，限你十日。若十日沒有，你也不好上門。此乃煙花逐客之計，休被其惑。”公子聽說，心中疑惑不定。遇春又道：“足下莫要錯了主意。你若真個還鄉，不多幾兩盤費，還有人搭救。若是要三百兩時，莫說十日，就是十個月也難。如今的世情，哪肯顧緩急二字的。”公子道：“仁兄所見良是。”口裏雖如此說，心中割捨不下。依舊又往外邊東央西告，只是夜裏不進院門了。公子在柳監生寓中，共住了六日了。

杜十娘連日不見公子進院，十分着緊，就教小廝四兒街上去尋。四兒尋到大街，恰好遇見公子。四兒叫道：“李姐夫，娘在家裏望你。”公子自覺無顏，心上卻牽掛着杜十娘，沒奈何，只得隨四兒進院。見了十娘，眼中流下淚來。十娘道：“莫非人情淡薄，不能足三百之數麼？”公子含淚而言：“一連奔走六日，並無銖兩，羞見芳卿，故此這幾日不敢進院。非某不用心，實是世情如此。”十娘道：“此言休使虔婆知道。郎君今夜且住，妾別有商議。”十娘自備酒餚，與公子歡飲。睡至半夜，對公子道：“妾所臥絮褥內藏有碎銀一百五十兩，此妾私蓄，郎君可持去，並謀另一半，限只四日，萬勿遲誤。”

十娘起身將褥付公子，公子驚喜過望。喚童兒持褥而去。徑到柳遇春寓中，又把夜來之情與遇春說了。遇春大驚道：“杜十娘真有心人也。既係真情，不可相負。吾當代為足下謀之。”當下柳遇春留李公子在寓，自出頭各處去借貸。兩日之內，湊足一百五十兩交付公子。李甲拿了三百兩銀子，欣欣然來見十娘，十娘問道：“前日分毫難借，今日如何就有一百五十兩？”公子將柳監生事情，又述了一遍。十娘以手加額道：“使吾二人得遂其願者，柳君之力也。”兩個歡天喜地，又在院中過了一晚。次日十娘早起，對李甲道：“此銀一交，便當隨郎君去矣。舟車之類，合當預備。妾昨日於姊妹中借得白銀二十兩，郎君可收下為行資也。”

　　説猶未了，鴇兒恰來敲門叫道：“十娘，今日是第十日了。”公子聞言，啟户相延道：“承媽媽厚意，正欲相請。”便將銀三百兩放在桌上。鴇兒不料公子有銀，嘿然變色，似有悔意。十娘道：“兒在媽媽家中八年，所致金帛，不下數千金。今日從良美事，又媽媽親口所訂，倘若媽媽失信不許，郎君持銀去，兒即刻自盡。恐那時人財兩失，悔之無及也。”鴇兒無詞以對，説道：“事已如此，料留你不住了。只是要去時，即今就去。平時穿戴衣飾之類，毫釐休想。”説罷，將公子和十娘推出房門，討鎖來就落了鎖。此時九月天氣。十娘才下牀，尚未梳洗，隨身舊衣，就拜了媽媽兩拜。一夫一婦，離了大門。

　　公子教十娘且住片時：“我去喚個小轎抬你，權往柳榮卿寓所去，再作打算。”十娘道：“院中諸姊妹平昔相厚，理宜話別。況前日又承他借貸路費，不可不一謝也。”乃同公子到各姊妹處謝別。姊妹中惟謝月朗徐素素與杜家相近，尤與十娘親厚。十娘先到謝月朗家。月朗見十娘禿髻舊衫，驚問其故。十娘備述來因。月朗便教十娘梳洗，一面去請徐素素來家相會。十娘梳洗已畢，謝徐二美人各出所有，翠鈿金釧，錦袖花裙，把杜十娘裝扮得煥然一新，備酒作慶賀筵席。次日，又大排筵席，遍請院中姊妹。凡十娘相厚者，無不畢集。都與他夫婦把盞稱喜。是晚，公子和十娘仍宿謝家。至五鼓，十娘對公子道：“吾等此去，何處安身？”公子道：“老父盛怒之下，若知娶妓而歸，必然加以不堪，反致相累。輾轉尋思，尚未有萬全之策。"十娘道:"父子天性,豈能終絕。既然倉猝難犯,不若與郎君於蘇杭勝地,權作浮居。郎君先回,求親友於尊大人面前勸解和順,然後攜妾于歸,彼此安妥。"公子道:"此言甚當。"

次日,二人起身辭了謝月朗,暫往柳監生寓中,整頓行裝。杜十娘見了柳遇春,倒身下拜,謝其周全之德,遇春慌忙答禮道:"十娘鍾情所歡,不以貧窶易心,此乃女中豪傑。僕因風吹火,諒區區何足掛齒!"三人又飲了一日酒。次早,擇了出行吉日,催僱轎馬停當。臨行之際,只見肩輿紛紛而至,乃謝月朗與徐素素拉眾姊妹來送行。月朗道:"十姊從郎君千里間關,囊中消索,吾等今合具薄贐,十姊或長途空乏,亦可少助。"説罷,命從人挈一描金文具至前,封鎖甚固,正不知甚麼東西在裏面。十娘也不開看,也不推辭,但殷勤作謝而已。須臾,輿馬齊集,僕夫催促起身。柳監生三杯別酒,和眾美送出崇文門外,各各垂淚而別。

再説李公子同杜十娘行至潞河,捨陸從舟,卻好有瓜州差使船轉回之便,講定船錢,包了艙口。比及下船時,李公子囊中並無分文餘剩。公子正當愁悶,十娘道:"郎君勿憂,眾姊妹合贈,必有所濟。"乃取鑰開箱。只見十娘在箱裏取出一個紅絹袋來,擲於桌上道:"郎君可開看之。"公子啟而觀之,皆是白銀,計數整五十兩。十娘仍將箱子下鎖,亦不言箱中更有何物。但對公子道:"承眾姊妹高情,不惟途路不乏,即他日浮寓吳越間,亦可稍佐吾夫妻山水之費矣。"公子且驚且喜道:"若不遇恩卿,我李甲流落他鄉,死無葬身之地矣。此情此德,白頭不敢忘也。"自此每談及往事,公子必感激流涕。

不一日,行至瓜州,大船停泊岸口,公子別僱了民船,安放行李。約明日侵晨,剪江而渡。其時仲冬中旬,月明如水,公子和十娘坐於舟首。公子道:"自出都門,困守一艙之中,四顧有人，未得暢語。今日獨據一舟，更無避忌。宜開懷暢飲，以舒向來抑鬱之氣，恩卿以為何如？"十娘道："妾亦有此心，郎君言及，足見同志耳。"公子乃攜酒具於船首，與十娘鋪氈並坐，傳杯交盞。飲至半酣，十娘興致勃發，遂開喉頓嗓，取扇按拍，嗚嗚咽咽，歌出一曲，聽得公子神魂飛動。

卻說他舟有一少年，姓孫名富，徽州新安人氏。家資巨萬，積祖揚州種鹽。年方二十，生性風流，慣向青樓買笑，是個輕薄的頭兒。事有偶然，其夜亦泊舟瓜州渡口，獨酌無聊。忽聽得歌聲嘹亮，起立船頭，佇聽半晌，方知聲出鄰舟。正欲相訪，音響倏已寂然。乃遣僕者潛窺蹤跡，曉得是李相公僱的船，並不知歌者來歷。孫富想道："此歌者必非良家，怎生得她一見？"輾轉尋思，通宵不寐。捱至五更，忽聞江風大作。及曉，彤雲密佈，狂雪飛舞。

因這風雪阻渡，舟不得開。孫富命艄公移船，泊於李家舟之旁，孫富貂帽狐裘，推窗假作看雪。值十娘梳洗方畢，纖纖玉手，揭起舟旁短簾，自潑盂中殘水，粉容微露，卻被孫富窺見了，果是國色天香。魂搖心蕩，迎眸注目，沉思久之，乃倚窗高吟梅花詩二句，道："雪滿山中高士臥，月明林下美人來。"李甲聽得鄰舟吟詩，舒頭出艙，看是何人。只因這一看，正中了孫富之計，孫富當下慌忙舉手，就問："老兄尊姓何諱？"李公子敘了姓名鄉貫，少不得也問那孫富。孫富也敘過了。又敘了些太學中的閒話，漸漸親熟。孫富便道："風雪阻舟，乃天遣與尊兄相會，實小弟之幸也。舟次無聊，欲同尊兄上岸，就酒肆中一酌，少領清誨，萬望不拒。"公子道："萍水相逢，何當厚擾？"孫富道："說哪裏話！'四海之內，皆兄弟也'。"喝教艄公迎接公子過船，然後登跳上岸。行不數步，就有個酒樓，二人上樓，靠窗而坐，賞雪飲酒。先說些斯文中套話，漸漸引入花柳之事。二人都是過來人，志同道合，一發成相知了。孫富摒去左右，低低問道："昨夜尊舟清歌者，何人也？"李甲正要賣弄在行，遂實説道："乃北京名姬杜十娘也。"孫富道："既係曲中姊妹，何以歸兄？"公子遂將初遇杜十娘，如何相好，後來如何要嫁，如何借銀討她，始末根由，備細述了一遍。孫富道："兄攜麗人而歸，固是快事，但不知尊府中能相容否？"公子道："賤室不足慮。所慮者，老父性嚴，尚費躊躇耳！"孫富將機就機，便問道："既是尊大人未必相容，兄所攜麗人，何處安頓？"公子攢眉而答道："此事曾與小妾議之。她意欲僑居蘇杭，流連山水。使小弟先回，求親友婉轉於家君之前。俟家君回嗔作喜，然後圖歸，高明以為何如？"孫富沉吟半晌，故作愀然之色，道："小弟乍會之間，交淺言深，誠恐見怪。"公子道："正賴高明指教，何必謙遜？"孫富又道："尊大人平時既怪兄遊非禮之地，今日豈容兄娶不節之人。況且賢親貴友，誰不迎合尊大人之意？兄枉去求他，必然相拒。兄進不能和睦家庭，退無詞以回覆尊寵。即使留連山水，亦非長久之計。萬一資斧困竭，豈不進退兩難！"公子自知手中只有五十金，此時費去大半，説到資斧困竭，進退兩難，不覺點頭道是。孫富又道："小弟還有句心腹之談，兄肯俯聽否？"公子道："承兄過愛，更求盡言。"孫富道："自古道：'婦人水性無常'。況煙花之輩，少真多假。她既係六院名姝，相識定滿天下；或者南邊原有舊約，借兄之力，挈帶而來，以為他適之地。"公子道："這個恐未必然。"孫富道："既不然，江南子弟，最工輕薄，兄留麗人獨居，難保無踰牆鑽穴之事。若挈之同歸，越增尊大人之怒。且為妾而觸父，因妓而棄家，海內必以兄為浮浪不經之人。異日妻不以為夫，弟不以為兄，同袍不以為友，兄何以立於天地之間？"公子聞言，茫然自失，移席問計："據高明之見，何以教我？"孫富道："僕有一計，於兄甚便。只恐兄溺枕席之愛，未必能行。”公子道：“兄誠有良策，使弟再睹家園之樂，乃弟之恩人也。又何憚而不言耶？”孫富道：“尊大人所以怒兄者，不過為迷花戀柳，揮金如土，異日必為棄家蕩產之人，不堪承繼家業耳！兄今日空手而歸，正觸其怒。兄倘能割衽席之愛，見機而作，僕願以千金相贈。兄得千金，以報尊大人，只說在京授館，並不曾浪費分毫，尊大人必然相信。從此家庭和睦，當無間言。兄請三思，僕非貪麗人之色，實為兄效忠於萬一也！”李甲原是沒主意的人，被孫富一席話，說透胸中之疑，起身作揖道：“聞兄大教，頓開茅塞。但小妾千里相從，義難頓絕，容歸與商之。得其心肯，當奉覆耳。”孫富道：“說話之間，宜放婉曲。彼既忠心為兄，必不忍使兄父子分離，定然玉成兄還鄉之事矣。”二人飲了一回酒，風停雪止，天色已晚。孫富教家童算還了酒錢，與公子攜手下船。

卻說杜十娘在舟中，擺設酒果，欲與公子小酌，竟日未回，挑燈以待。公子下船，十娘起迎。見公子顏色匆匆，似有不樂之意，乃滿斟熱酒勸之。公子搖首不飲。一言不發，竟自牀上睡了。十娘心中不悅，問道：“今日有何見聞，而懷抱鬱鬱如此？”公子歎息而已，終不啟口。問了三四次，公子已睡去了。十娘委決不下，坐於牀頭而不能寐。到夜半，公子醒來，又歎一口氣。十娘道：“郎君有何難言之事，頻頻歎息？”公子擁被而起，欲言不語者幾次，撲簌簌掉下淚來。十娘抱持公子於懷間，軟言撫慰道：“妾與郎君情好，已及二載，千辛萬苦，歷盡艱難，未曾哀戚。今將渡江，方圓百年歡笑，如何反起悲傷，有事儘可商量，萬勿諱也。”公子含淚而言道：“僕天涯窮困，蒙恩卿不棄，誠乃莫大之德也。但反覆思之，老父素性方嚴，必加黜逐。你我流蕩，將何底止？夫婦之歡難保，父子之倫又絕。日間蒙新安孫友邀飲，為我籌劃一計頗善，但恐恩卿不從耳！”十娘道：“孫友者何人？計如果善，何不可從？”

公子道：“孫友名富，新安鹽商，少年風流之士也。夜間聞子清歌，因而問及。僕告以來歷，並談及難歸之故，渠意欲以千金聘汝。我得千金，可藉口以見吾父母；而恩卿亦得所天。但情不能捨，是以悲泣。”說罷，淚如雨下。十娘放開兩手，冷笑一聲道：“為郎君劃此計者，此人乃大英雄也。郎君千金之資，既得恢復，而妾歸他姓，又不致為行李之累，發乎情，止乎禮，誠兩便之策也。那千金在哪裏？”公子收淚道：“未得恩卿之諾，金尚留彼處，未曾過手。”十娘道：“明早快快應承了他，不可錯過機會。但千金重事，須得兌足交付郎君之手，妾始過舟，勿為賈豎子所欺。”時已四鼓，十娘即起身挑燈梳洗道：“今日之妝，乃迎新送舊，非比尋常。”於是脂粉香澤，花鈿繡襖，極其華艷，光彩照人。裝束方完，天色已曉。孫富差家童到船頭候信。十娘微窺公子，欣欣似有喜色，乃催公子快去回話，及早兌足銀子。公子親到孫富船中，回覆依允。孫富喜甚。即將白銀一千兩，送到公子船中。十娘親自檢看，足色足數，分毫無爽。乃手把船舷，以手招孫富。孫富一見，魂不附體。十娘啟朱唇：“方才箱子內有李郎路引一紙，可檢還之也。”孫富視十娘已為甕中之鱉，即命家童送那描金文具，安放船頭之上。

十娘取鑰開鎖，內皆抽屜小箱。十娘叫公子抽第一層來看，只見翠羽明璫，瑤簪寶珥，約值數百金。十娘遽投之江中。李甲與孫富及兩船之人，無不驚詫。又命公子再抽一箱，乃玉簫金管。又抽一箱，盡古玉紫金玩器，約值數千金。十娘盡投之於大江中。岸上之人，觀者如堵。齊聲道：“可惜可惜！”正不知甚麼緣故。最後又抽一箱，箱中復有一匣。開匣視之，夜明之珠，祖母綠、貓兒眼諸般異寶，目所未睹，莫能

定其價之多少，眾人皆喧聲如雷。十娘又欲投之於江。李甲不覺大悔，抱持十娘慟哭，那孫富也來勸解。

十娘推開公子在一邊，向孫富罵道：「我與李郎備嘗艱苦，不是容易到此，汝以奸淫之意，巧為讒說，斷人恩愛，我死而有知，必當訴之神明，尚妄想枕席之歡乎！」又對李甲道：「妾風塵數年，私有所積，本為終身之計。自遇郎君，山盟海誓，白首不渝。前出都之際，假託眾姊妹相贈，箱中韞藏百寶，不下萬金。將潤色郎君之裝，歸見父母，或憐妾有心，收佐中饋，誰知郎君惑於浮議，中道見棄，負妾一片真心。今日當眾目之前，開箱出視，使郎君知區區千金，未為難事。妾櫝中有玉，恨郎眼內無珠。今眾人各有耳目，共作證明，妾不負郎君，郎君自負妾耳！」於是眾人聚觀者，無不流涕，都唾罵李公子負心薄倖。公子又羞又苦，且悔且泣，方欲向十娘謝罪。十娘抱持寶匣，向江心一跳。眾人急呼撈救。但見雲暗江心，波濤滾滾，杳無蹤影。

當時旁觀之人，皆咬牙切齒，爭欲拳毆李甲和那孫富。慌得李孫二人，手足無措，急叫開船，分途遁去。李甲在舟中，看了千金，轉憶十娘，終日愧悔，鬱成狂疾，終身不痊。孫富自那日受驚，得病臥牀月餘，終日見杜十娘在旁詬罵，奄奄而逝。人以為江中之報也。

卻說柳遇春在京學成回鄉，停舟瓜步。偶臨江淨臉，失墜銅盆於水，覓漁人打撈。及至撈起，乃是個小匣兒。遇春啟匣觀看，內皆明珠異寶，無價之珍。是夜夢見杜十娘訴以李郎薄倖之事。又道：「向承君家慷慨，以一百五十金相助，本意息肩之後，徐圖報答。不意事無終始；然每懷盛情，悒悒未忘。早間曾以小匣託漁人奉致，聊表寸心，從此不復相見矣。」言訖，猛然驚醒，方知十娘已死，歎息累日。

十五貫

善惡無分總喪軀，只因戲語釀殃危。

勸君出話須誠實，口舌從來是禍基。

卻說南宋臨安有個官人，姓劉名貴，祖上原是有根基的人家。到得他手中，卻是時乖運蹇。先前讀書，後來看看不濟，卻去改業做生意，又把本錢消折去了。漸漸大房改換小房，賃得兩三間房子，與渾家王氏，年少齊眉。後因沒有子嗣，娶下一個小娘子，姓陳，家中都呼為二姐。這也是先前不十分窮薄時做下的。至親三口，並無閒雜人在家。那劉貴極是為人和氣，鄉里見愛，都說他一時運限不好，再過幾時，定有個亨通的日子。說便是這般說，哪得有些好處？只是在家納悶，無可奈何！

一日閒坐家中，只見丈人家裏的老王 —— 年近七旬 —— 走來說道："家間老員外生日，特令老漢接取官人娘子，去走一遭。"劉官人便同渾家王氏，收拾隨身衣服，打疊個包兒，交與老王背了。吩咐二姐看守家中，明晚才回。走到離城二十餘里丈人王員外家，敘了寒溫。當日坐間客眾，丈人女婿，不好十分敘述許多窮相。次日，丈人卻來與女婿攀話，說道："姐夫，坐吃山空，你須計較一個常便！我女兒嫁了你，一生也指望豐衣足食，不是這等就罷了！"劉官人歎了一口氣道："如今的時勢，再有誰似丈人這般看顧我的。若去求人，又是勞而無功。"丈人便道："這也難怪你說。老漢卻是看你們不過，今日賚助你些少本錢去開個柴米店，賺些利息來過日子，卻不好麼？"當下吃了午飯，丈人取出十五貫錢來，付與劉官人道："姐夫，且將這些錢去，收拾起店面，開張有日，我便再應付你十貫。你妻子且留在此過幾日，待有了開店日子，老漢親送女兒到你家，就來與你作賀。"劉官人謝了又謝，馱了錢一徑出門。到得城中，順路經過一個做經紀人的相識，遂登門相訪，

宋錢：一枚為一文，
一千文為一貫

和他說些生意的勾當，又吃了三杯兩盞。劉官人酒量不濟，便覺有些朦朧起來，抽身作別，那人又送劉官人至路口。

劉官人馱了錢，一步一步捱到家中。敲門已是點燈時分，小娘子二姐獨自在家，沒一些事做，守得天黑，閉了門，在燈下打瞌睡。劉官人打門，敲了半晌，她方才知覺，起身開門。劉官人進去，二姐替劉官人接了錢，便問："官人何處那移這項錢來，卻是甚用？"那劉官人一來有了幾分酒，二來怪她開得門遲了，且戲言嚇她一嚇，便道："我把你典與一個客人，只典得十五貫錢。又因捨不得你，若是我有些好轉，加利贖你回來。若是照前這般不順意，只索罷了！"那小娘子聽了，欲待不信，又見十五貫錢，堆在面前，欲待信來，他平白與我沒半句言語，大娘子又過得好，怎麼便下得這等狠心辣手！疑狐不決。只得再問道："雖然如此，也須通知我爹娘一聲。"劉官人道："若是通知你爹娘，此事斷然不成。你明日且到了人家，我慢慢央人與你爹娘說通，他也須怪我不得。"小娘子又問："大姐姐如何不來？"劉官人道："她因不忍見你分離，待得你明日出了門才來，這也是我沒計奈何。"說罷，暗地忍不住笑。不脫衣裳，睡在牀上，不覺睡去了。那小娘子好生擺脫不下："不知他賣我與甚色樣人家？我須先去爹娘家裏說知。"沉吟了一會，卻把這十五貫錢，一垛兒堆在劉官人腳後邊。趁他酒醉，輕輕地收拾了隨身衣服，開了門出去，拽上了

門。卻去左邊一個相熟的鄰舍朱三老兒家裏，與朱三媽宿了一夜，說道：“丈夫今日無端賣我，我須先去與爹娘說知。煩你明日對他說一聲，到我爹娘家中來，討個分曉。”那鄰舍道：“小娘子只顧自去，我便與劉官人說知。”過了一宵，小娘子作別去了不提。

卻說劉官人這裏一直至三更方醒，見桌上燈猶未滅，小娘子不在身邊。便喚二姐討茶吃。叫了一回，沒人答應，不覺又睡了去。恰有一個做不是的，日間賭輸了錢，夜間出來掏摸些東西，正好到劉官人門首。因小娘子出去時，門兒拽上不關，那賊略推一推，豁地開了。捏手捏腳，直到房中，並無一人知覺。到得牀前，燈火尚明。周圍看時，並無一物可取。摸到牀上，見一人朝著裏牀睡去，腳後卻有一堆青錢，便去取了幾貫。不想驚覺了劉官人，起來喝道：“你須不近道理！我從大人家借得幾貫錢來，養身活命；你偷了我的去，卻是怎的計結！”那人也不回話，照面一拳，劉官人側身躲過，便起身與這人相持。那人見劉官人手腳活動，便拔步出房。劉官人不捨，搶出門來，一徑趕到廚房裏。正待聲張鄰舍，起來捉賊；那人急了，見明晃晃一把劈柴斧頭，正在手邊，便綽起來，一斧正中劉官人面門，撲地倒了，又復一斧，斫倒一邊。眼見得劉官人活不了，那人一不做，二不休，索性翻身入房，取了十五貫錢，拽上門就走。

次早鄰舍起來，見劉官人家門也不開，並無人聲息，裏面亦沒人答應。便挨將進去，直到裏面，見劉官人劈死在地。免不得聲張起來。鄰家朱三老兒把小娘子昨夜黃昏時到他家宿歇，並把小娘子一番說話，和盤托出。眾人一面著人去追，一面著人去到王老員外家報了凶信。老員外與女兒大哭起來道：“昨日好端端出門，老漢贈他十五貫錢，教他將來作本，如何便憑的被人殺了？”急急收拾起身，三步做一步，趕入城中，看個究竟。

卻説那小娘子，清早出了鄰舍人家，挨上路去，行不上一二里，早是腳疼走不動，坐在路旁。忽見一個後生，背上馱了一個搭膊，裏面卻是銅錢，腳下絲鞋淨襪，一直走上前來。到了小娘子面前，看了一看：雖然沒有十二分顏色，卻也明眉皓齒，蓮臉生春，好生動人。

那後生放下搭膊，向前深深作揖。"小娘子獨行無伴，卻是往哪裏去的？"小娘子還了萬福道："是奴家要往爹娘家去，因走不上，權歇在此。哥哥是何處來？今要往何方去？"那後生道："小人是村裏人，因往城中賣了絲帳，討得些錢，要往褚家堂那邊去的。"小娘子道："奴家爹娘也在褚家堂左側，若得哥哥與奴家，同走一程，可知是好。"那後生道："有何不可！"兩個廝趕着，一路正行，行不到二三里田地，只見後面兩個人腳不點地，趕上前來連叫："前面小娘子慢走，我有話説知。"小娘子與那後生看見趕得蹺蹊，都立住了腳。後邊兩個趕到跟前，見了小娘子與那後生，不容分説，一家扯了一個，説道："你們幹得好事！卻走往哪裏去？"小娘子吃了一驚，舉眼看時，卻是兩家鄰舍，一個就是昨夜借宿的朱三老。小娘子便道："昨夜也告過公公得知，丈夫無端賣我，我自去對爹娘説知。今日趕來，卻有何説？"朱三老道："你家裏有殺人公事，你須回去對理。"小娘子道："丈夫賣我，昨日錢已馱在家中，有甚殺人公事？我只是不去。"朱三老道："好自在性兒！你若真個不去，叫起地方有殺人賊在此，煩為一捉，不然，須要連累我們。"那個後生見不是話頭，便對小娘子道："既如此説，小娘子只索回去，小人自家去休！"那兩個趕來的鄰舍，齊道："若是沒有你在此便罷，既然你與小娘子同行同止，你須也去不得！"那後生道："卻又古怪，我自半路遇見小娘子，偶然伴她行一程，路途上有甚是非，要勒掯我回去？"鄰舍道："你若不去，便是心虛。我們卻和你罷休不得。"四個人只得廝挽着一路轉來。

到劉官人門首，小娘子入去看時，只見劉官人斧劈倒在地死了，牀上十五貫錢分文也不見。那後生也慌了，便道："我恁的晦氣！沒來由和那小娘子同走一程，卻做了干連人。"眾人都和鬧着，只見王老員外和女兒一步一攧走回家來，見了女婿身屍，哭了一場，便對小娘子道："你卻如何殺了丈夫？劫了十五貫錢，逃走出去？"小娘子道："十五貫錢，委是有的。只是丈夫昨晚回來，說是無計奈何，將奴家典與他人，典得十五貫錢，說過今日便要奴家到他家去。奴家因不知他典與甚色樣人家，先去與爹娘說知，故此趁夜深了，將這十五貫錢堆在他腳後邊，拽上門，到朱三老家住了一宵，今早自去爹娘家裏說知。卻不知因甚殺死在此？"那大娘子道："我的父親昨日明明把十五貫錢與他馱來作本，養贍妻小，他豈有哄你說是典來身價之理？這是你兩日因獨自在家，勾搭上了人，又見了十五貫錢，一時見財起意，殺死丈夫，與漢子一處逃走。現今你跟着一個男子同走，卻有何理說，抵賴得過！"眾人齊聲道："大娘子之言，甚是有理。"又對那後生道："後生，你如何與小娘子謀殺親夫？卻暗暗約定在僻靜處等候一同去，逃奔他方？"那人道："小人自姓崔名寧，與那小娘子無半面之識。昨晚入城，賣得幾貫絲錢在這裏，因路上遇見小娘子，小人偶然問起往哪裏去的，小娘子說起是與小人同路，以此作伴同行，卻不知前後因由。"眾人哪裏肯聽他分說，搜索他搭膊中，恰好是十五貫錢，眾人齊發起喊來道："天網恢恢，疏而不漏。你與小娘子殺了人，拐了錢財。"

當下苦主扭了小娘子和崔寧，四鄰舍都是證見，一鬨入臨安府中來。那府尹升堂，叫一干人犯，逐一從頭說來。先是王老員外上去，告說："相公在上，小人是本村人氏，年近六旬，只生一女，先年嫁與本府城中劉貴為妻。後因無子，娶了陳氏為妾，呼為二姐。一向三口在家過活，並無片言。只因前日是老漢生日，差人接取女兒女婿到家，住了一夜。次日，因見女婿家中全無活計，把十五貫錢與女婿作本，開店養身。卻有二姐在家看守。到得昨夜，女婿到家時分，不知因甚緣故，將女婿斧劈死了，二姐卻與一個後生，名喚崔寧，一同逃走，被人追捉到來。可憐女婿身死不明，奸夫淫婦，贓證現在，伏乞相公明斷。"府尹聽得如此，便叫陳氏上來問個究竟，二姐遂將前話並遇見後生經過，一一回稟。那府尹喝道："胡説！這十五貫錢，分明是他丈人與女婿的，你卻説是典你的身價，這椿事該不是你一個婦人家做的，一定有奸夫幫你謀財害命，你快從實説來。"那小娘子正待分説，只見幾家鄰舍一齊跪上去告道："相公在上，他家小娘子，昨夜借宿在左鄰第二家的，今早她自去了。小的們見他丈夫殺死，一面着人去趕，趕到半路，卻見小娘子和那一個後生同走，苦死不肯回來，小的們勉強捉他們轉來。又他大娘子與他丈人説昨日有十五貫錢，付與女婿做生理的。今者女婿已死，這錢不知從何而去。卻去搜那後生身邊，十五貫錢，分文不少。卻不是小娘子與那後生通同謀殺？贓證分明，如何賴得過？"府尹聽他們言言有理，就喚那後生上來，要他從實招來。那後生道："小人昨日往城中賣了絲，賣得這十五貫錢。今早偶然路上撞着這小娘子，並不知她姓甚名誰，哪裏曉得她家殺人公事？"府尹大怒喝道："胡説！世間不信有這等巧事！她家失去了十五貫錢，你卻賣的絲恰好也是十五貫錢，這分明是支吾的説話了。況且你既與那婦人沒甚首尾，卻如何與她同行共宿？你這等頑皮賴骨，不打，如何肯招？"當下眾人將那崔寧與小娘子，拷打一頓。那邊王老員外與女兒並一干鄰人等，口口聲聲，咬他二人。府尹也巴不得了結這段公案。拷訊一回，可憐崔寧和小娘子，受刑不過，只得屈招了。左鄰右舍都指畫了十字，將兩人大枷枷了，送入死囚牢裏。將這十五貫錢，給還原主，也只好奉與衙門中人做使用，也還不夠哩。府尹疊成文案，奏過朝廷，部覆申詳，倒下聖旨，說："崔寧奸騙人妻，謀財害命，依律處斬。陳氏通同奸夫，殺死親夫，凌遲示眾。"當下讀了招狀，大牢內取出二人來，押赴市曹，行刑示眾。

閒話休提。卻說那劉大娘子到得家中，設個靈位，守孝過日。光陰迅速，大娘子在家，將近一年，父親見她守不過，便叫家裏老王去接她來，說："叫大娘子收拾回家，與劉官人做了週年，改嫁去罷。"大娘子也沒奈何，收拾了包裹，與鄰舍家作別，一路出城，正值秋天，一陣烏風猛雨，只得落路，往一所林子去躲，只聽到背後有人大喝一聲："靜山大王在此！行人住腳，須把買路錢與我。"大娘子和那老王大吃一驚，只見跳出一個人舞刀前來。那老王便道："你這剪徑的毛團！我老性命着與你拼罷。"一頭撞去，被他閃過空。老人家用力猛了，撲地便倒。那人連搠一兩刀，血流在地。劉大娘子見他兇猛，料道脫身不得，便心生一計，拍手叫道："殺得好！"那人住了手，睜圓怪眼，喝道："這是你甚麼人？"那大娘子虛心假氣的答道："奴家不幸喪了丈夫，被媒人哄誘，嫁了這個老兒，只會吃飯。今日得大王殺了，也替奴家除了一害。"那人見大娘子生得有幾分顏色，便問道："你肯跟我做個壓寨夫人麼？"大娘子尋思，無計可施，便道："情願服侍大王。"那人回嗔作喜，將老王屍首攛入澗中。領了劉大娘子到一所莊院前來，向那地上拾些土塊，拋向屋上去，裏面便有人出來開門。到得草堂之上，吩咐殺羊備酒，與劉大娘子成親。

不想那大王自得了劉大娘子之後，不上半年，連起了幾主大財，家間也豐富了。大娘子甚是有識見，早晚用好言語勸他："自古道：瓦罐不離井上破，將軍難免陣中亡。你我兩人，下半世也夠吃用了，只管做這沒天理的勾當，終須不是個好結果！不若改行從善，做個小小經紀，也得個養身活命。」那大王早晚被她勸，果然回心轉意，把這門道路撇了，去城市間賃下一處房屋，開了一個雜貨店。遇閒暇的日子，也時常去寺院中，唸佛赴齋。忽一日在家閒坐，對那大娘子道：「我雖是個剪徑的出身，卻也曉得冤各有頭，債各有主。今已改行從善，閒來追思既往，枉殺了一個人，又冤陷了兩個人，時常掛念，思欲做些功德，超度他們，一向不曾對你說知。」大娘子問道：「殺那一個是甚人？」那大王道：「說起來是一年前，也是賭輸了，身邊並無一文，夜間便去掏摸些東西。不想到一家門首，見他門也不閂，推進去時，裏面並無一人。摸到門裏，只見一人醉倒在牀，腳後卻有一堆銅錢，便去摸他幾貫。正待要走，卻驚醒了。那人起來說道：『這是我丈人家與我做本錢的，你偷去了，一家人口都是餓死。』起身搶出房門，正待聲張起來。卻好一把劈柴斧頭在我腳邊，便綽起來，將他劈倒。去房中將十五貫錢，盡數取了。後來打聽得他，卻連累了他家小老婆，與那一個後生，喚做崔寧，冤枉了他謀財害命，雙雙受了國家刑法。我雖是做了一世強人，只有這兩樁人命，是天理人心打不過去的！故早晚還要超度他。」那大娘子聽說，暗暗地叫苦：「原來我的丈夫被他殺了，又連累我家二姐與那個後生無辜受戮。思量起來，是我不合當初做弄他兩人償命；料他兩人陰司中，也須放我不過。」當下權且歡天喜地，並無他說。明日便一徑到臨安府前，叫起屈來。

那時換了一個新任府尹，才得半月。正值升廳，左右捉將那叫屈的婦人進來。劉大娘子到於階下，放聲大哭，將那大王前後所為細說了一遍，說罷又哭。府尹見她情詞可憫，即着人去捉那靜山大王到來，用刑拷訊，與大娘子口詞一些不差。即時問成死罪，奏過官裏。待六十日限滿，倒下聖旨來，勘得：

"靜山大王，謀財害命，連累無辜，准律：殺一家非死罪三人者，斬加等，決不待時。原問官斷獄失情，削職為民。崔寧與陳氏枉死可憐，有司訪其家，諒行優恤。王氏既係強徒威逼成親，又能伸雪夫冤，着將賊人家產，一半沒入官，一半給與王氏養贍終身。"

劉大娘子當日往法場上，看決了靜山大王，又取其頭去祭獻亡夫，並小娘子及崔寧，大哭一場。將這一半家私，捨入尼姑庵中，自己朝夕看經唸佛，追薦亡魂，盡老百年而終。

説話與講故事

　　今天人人可以説話，千多年前，説話卻有專門的説話人。因為唐宋時，説話就是講故事，是一種口頭文學藝術。當時因為沒有電台廣播，所以都是現場聽故事。《老殘遊記》記錄了一場聽"説話"的盛況：書場有幾百張桌子，説書人一點鐘開講，十點卻已是座無虛席，老殘無處落腳，只得送看座的二百錢"弄了一張短板橙，在人縫裏"坐下。十一點鐘連官員也已到了，書場裏人山人海擁擠不堪，再晚者只好"搬張短橙，在夾縫中安插"。"説話"作為民間一種娛樂，在當時受歡迎的程度，可想而知。

　　今天許多膾炙人口的經典故事，最初都是説書人講故事的底本，經過不斷潤色加工，流傳下來，並廣為傳頌。那麼這些故事妙在何處？其實與我們今天看劇情片差不多，就是故事曲折，引人懸念，結局出人意表。像"包青天"被文學史家認為是"誰是兇手"懸念寫作模式的鼻祖：一位小吏，算命先生預言他死期將至，果然他半夜三更突然失蹤，妻子説他投河，但沒有撈到屍首。這是一語成讖的驚人巧合？還是精心策劃的謀殺？"十五貫"中，劉貴身死，借

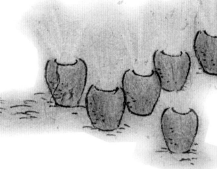

來的十五貫錢不知所終，崔寧賣絲恰得十五貫錢，又偏遇離家出走的劉貴小娘子，十五貫錢成了“殺人的罪證”。本已揭案，劉貴大娘子偏巧被真兇所擄，意外得知兇殺的真相。所有情節用一個“巧”字串起，一波三折，高潮迭起。“碾玉觀音”以一種若無其事、風平浪靜的語調講述故事，成功地將一個鬼故事延宕到收尾才揭曉，將懸念與故事情節、結局完美融合，令人回味情節時觸目驚心。這些藝術手法高明的通俗民間故事，因此成了文學經典故事。

　　鮮明的人物形象，也是好故事令人喜愛和不能忘懷的元素，千百年來，睿智清廉的包青天，剛烈癡情的杜十娘、白素貞，勇敢不屈的璩秀秀等故事人物，從來就不曾淡出人們的視野。當然，好的故事也要貼近現實生活，語言通俗、生動，能引起聽者的共鳴，對讀者具一定借鑒意義和警示作用。

一、你明白嗎？

1. 本節收錄的四個故事，題材不同，內容各異。請根據故事主題，從下列選項中，將相應故事名稱及主要人物填入表格空白處。

故事主題	故事名稱	主要人物
戲言成巧禍		
人、妖奇緣		
智破懸案		
多情女慘遇薄倖郎		

a. 白蛇傳　　b. 怒沉百寶箱　　c. 包青天　　d. 十五貫

e. 崔寧　　　f. 杜十娘　　　　g. 白娘子　　h. 包拯

2. "白蛇傳"故事圍繞白蛇與許宣展開，各種人物紛紛登場，豐富了故事內容。閱讀故事，想想白蛇是如何對待他們？將相關項連線配對。

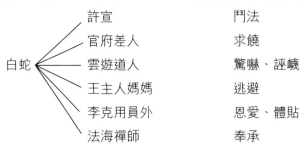

許宣　　　　　　　鬥法
官府差人　　　　　求饒
白蛇　雲遊道人　　　　　驚嚇、誣衊
　　　王主人媽媽　　　　逃避
　　　李克用員外　　　　恩愛、體貼
　　　法海禪師　　　　　奉承

3. "十五貫"的故事情節用一個"巧"串起，試將案件的事實與引發的巧合連線搭配。

案件的事實				
（1）劉貴被殺，借得的十五貫錢不知所終。	（2）陳二姐當夜逃往鄰居家，門兒從外拽上不關。	（3）小偷偷了幾文錢，劉貴被驚醒，起身追趕。	（4）陳二姐腳痛走不動，坐在路旁，路遇年輕男子崔寧。	（5）劉貴之妻路遇強盜，無奈間做了強盜的壓寨夫人。
a 強盜得了劉大娘子後，迅速發跡，改行從善，劉大娘子偶然得知兇殺真相。	b 小偷在廚房恰巧看見一把明晃晃的斧頭，砍死劉貴，索性取走所有的錢。	c 賭徒夜間出來偷東西，恰好來到劉貴門首。	d 崔寧賣絲恰得十五貫錢。	e 崔寧恰好與陳二姐同路，於是二人結伴而行，被疑為奸情。
引發的巧合				

二、想深一層

1. 如果讓你偵斷“包青天”中大孫押司的死亡命案，你認為此案有疑點嗎？閱讀有關內容，判斷下列說法是否正確。

   a. 算卦先生說孫押司“今年今月今日三更三點”死，孫押司當夜果然便死，時間與算卦先生預言分毫不差。　　　　　　（　）

   b. 當夜，只有孫押司一人在臥室休息，所以可以排除他殺。（　）

   c. 案發時，共有四人在孫押司家，兩人在外屋，兩人在臥室。（　）

   d. 孫押司落水而亡，屍體被河水沖走，死不見屍。　　　　（　）

   e. 整個案發過程，孫押司自始至終未離家半步。　　　　　（　）

   f. 兇手利用卦言殺死孫押司，巧妙製造了自殺假象。　　　（　）

2. "包青天"情節曲折生動，試將該故事的結構和具體情節及作用連線配對。

結構	內容	作用
故事開端	從井中撈出大孫押司的屍首，小孫押司夫婦得到應有懲處。	推動情節發展
故事發展	包公做了當地知縣，解開了鬼魂之謎。	製造懸念和緊張
故事高潮	大孫押司鬼魂三次向女僕迎兒現身，表白遭人謀害，囑託代為伸冤。	表現善惡有報的思想
故事結局	算命先生預言大孫押司死期將至，押司娘子和女僕迎兒嚴防死守。	製造故事高潮，表現包公斷案智慧。

3. "怒沉百寶箱"生動塑造出癡情剛烈的杜十娘形象，閱讀下列各句，從杜十娘為人處世的態度，分析其性格特點。

   i. 順勢與老鴇談定三百兩贖金，把籌錢時限增至十日。當老鴇想反悔時，又以人財兩空相要挾。（　　）

   ii. 風塵八年，積攢金銀珠寶無數，落鎖寄存在相好姐妹處。（　　）

   iii. 當李甲不知如何安置十娘時，十娘又代為分析父子天性，建議先浮居，然後李甲先回，求親友勸解和順，最後再帶自己回家。（　　）

   iv. 明明有金銀無數，卻讓李甲四處借貸；明明是自己的錢財，杜十娘卻說是姐妹送的、借的。（　　）

   v. 但李甲盡力借貸無門時，杜十娘拿出私房錢充做贖金和旅途資費。（　　）

   vi. 當孫富家童船頭候信時，十娘偷偷看李甲，發現李甲面有喜色時，才催李甲去回話。（　　）

   vii. 孫富送一千兩白銀到李甲船上，十娘親自檢看，分毫無差時，十娘才手把船舷，手招孫富。（　　）

viii. 本是風塵女子，但得知被李甲辜負後，寧死也不從孫富。（　　）

ix. 託漁人奉送寶匣給柳遇春。（　　）

---

a. 心細　　b. 穩重　　c. 剛烈　　d. 聰明　　e. 世故　　f. 會說話

g. 知恩圖報　　h. 重情輕財　　i. 有心計

三、延伸思考

1. 試比較話本 "白蛇傳" 和影視及戲劇中的 "白蛇傳"，說說它們有何不同？

2. 試找愛倫・坡、柯南道爾、克里斯蒂等人的破案故事來讀讀，體味它們與本書破案故事的異同。

碾玉觀音

話說宋高宗紹興年間，臨安府中有個關西延州延安府人，本身是三鎮節度使咸安郡王，帶着許多鈞眷遊春。至晚回家，來到錢塘門裏，車橋前面，鈞眷轎子過了，後面是郡王轎子到來。則聽得橋下裌褙舖裏一個人叫道："我兒出來看郡王！"當時郡王在轎裏看見，叫隨侍虞候道："我從前要尋這個人，今日卻在這裏。只在你身上，明日要這個人入府中來。"虞候聲諾，來尋這個看郡王的人。只見車橋下一個人家，門前出着一面招牌，寫着："璩家裝褙古今書畫"。舖裏一個老兒，引着一個女兒，便是出來看郡王轎子的人。

虞候即時來他家對門一個茶坊裏坐定。婆婆把茶點來。虞候道："啟請婆婆，過對門裌褙舖裏請璩大夫來說話。"婆婆便去請到來。兩個相揖了就坐。虞候道："璩待詔，適來叫出來看郡王轎子的人是令愛麼？"待詔道："正是拙女，今年一十八歲。"再問："小娘子如今要嫁人，抑是侍奉官員？"待詔道："老拙家寒，哪討錢來嫁人。將來也只是獻與官員府第。"虞候道："小娘子有甚本事？"待詔說出女孩兒會繡作的本事來，虞候道："適來郡王在轎裏，看見令愛身上繫着一條繡裹肚。府中正要尋一個繡作的人，老丈何不獻與郡王。"璩公歸去，與婆婆說了。到明日寫一紙獻狀，獻來府中。郡王給與身價，取名秀秀養娘。

不一日，朝廷賜下一領團花繡戰袍，秀秀依樣繡出一件來。郡王看了歡喜道："主上賜與我團花戰袍，卻尋甚麼奇巧的物事獻上？"去府庫裏尋出一塊透明的羊脂美玉來，即時叫門下碾玉待詔，問：「這塊玉堪做甚麼？」內中一個道：「好做一副勸杯。」郡王道：「可惜恁般一塊玉，如何只做得一副勸杯！」數中一個後生，姓崔，名寧，趨事郡王數年，當時叉手向前，對着郡王道：「告恩王，這塊玉上尖下圓，甚是不好，只好碾一個南海觀音。」郡王道：「好！正合我意。」就叫崔寧下手。不過兩個月，碾成了個玉觀音。郡王即時寫表進上御前，龍顏大喜。崔寧就本府增添俸祿，受郡王厚待。

不一日，時遇春天，崔待詔遊春回來，入得錢塘門，在一個酒肆，與三四個相知，方才吃得數杯。則聽得街上鬧吵吵，連忙推開樓窗看時，見亂烘烘道：「井亭橋失火。」崔待詔望見了，急忙道：「在我本府前不遠。」奔到府中看時，已搬挈得罄盡，靜悄悄地無一個人，崔待詔循着左手廊下入去，火光照得如同白日。去那左廊下，一個婦女，搖搖擺擺，從府堂裏出來，與崔寧打個胸廝撞。崔寧認得是秀秀養娘，倒退兩步，低身唱個喏。原來郡王當日，嘗對崔寧許道：「待秀秀擇配之年，把來嫁與你。」崔寧是個單身，卻也癡心。秀秀見恁地個後生，卻也指望，便道：「崔大夫，我出來得遲了。府中養娘各自四散，管顧不得，你如今沒奈何只得將我去躲避則個。」當下崔寧和秀秀出府門，沿着河，走到石灰橋。秀秀道：「崔大夫，我腳疼了走不得。」崔寧指着前面道：「更行幾步，便是崔寧住處。」到得家中坐定，又道：「我肚裏飢，崔大夫與我買些點心來吃！我受了些驚，得杯酒吃更好。」

崔寧買將酒來，三杯兩盞過後，秀秀道：「你記得當時在月臺上賞月，把我許你，你兀自拜謝。你記得也不記得？」崔寧應得「喏」。秀秀道：「當日眾人都替你喝采，『好對夫妻！』你怎地倒忘了？比似只管等待，何不今夜我和你先做夫妻？不知你意下如何？」崔寧道：「告小娘子，要和崔寧做夫妻，不妨；只一件，這裏住不得了，要好趁這個失火人亂時，今夜就走開去，方才使得。"秀秀道：
"我既和你做夫妻，憑你行。"

當夜做了夫妻。四更已後，各帶着
隨身金銀物件出門。離不得飢餐渴飲，
夜住曉行，迤邐來到衢州。崔寧道：
"這裏是五路總頭，是打哪條路去
好？不若取信州路上去，那裏有幾個
相識，怕能安得身。"即時取路到信
州。住了幾日，崔寧道："信州常有
客人往來臨安府，若說道我等在此，
郡王必然使人來追捉，不若離了信
州，再往別處去。"兩個又起身上
路，徑取潭州。不則一日，到了潭
州。就市裏討間房屋，出面招牌，
寫着"臨安府崔待詔碾玉生活"。
崔寧便對秀秀道："這裏離臨安府有二千餘里了，料得無事，
你我安心。潭州也有幾個寄居官員，見崔寧是臨安府待詔，日
逐也有生活得做。

時光似箭，也有一年之上。忽一日方早開門，見兩個着皂
衫的，一似虞候府幹打扮，入來問道："本官聽得說有個崔待
詔，教請過來做生活。"崔寧吩咐了家中，隨這兩個人到湘潭
縣路上來。便將崔寧到宅裏相見官人，承攬了玉作生活，回路
歸家。正行間，只見一個漢子頭上帶個竹絲笠兒，挑着一個高
肩擔兒，正面來，把崔寧看了一看，認得是崔寧，遂從後大踏
步尾着崔寧來。

這人一路尾着崔寧到家，正見秀秀坐在櫃身子裏。便撞破
他們道："崔大夫多時不見，你卻在這裏。秀秀養娘如何也在
這裏？郡王教我下書來潭州，今日遇着你們。"當時嚇殺崔寧

夫妻兩個，那人是誰？卻是郡王府中一個排軍，從小服侍郡王，姓郭名立，叫做郭排軍。當下夫妻請住郭排軍，安排酒來請他。吩咐道：“你到府中千萬莫説與郡王知道！”郭排軍道：“郡王怎知你兩個在這裏。我不説甚麼就是。”當下酬謝了出門，回到府中，參見郡王道：“郭立前日打潭州過，卻見兩個人在那裏住。”郡王問：“是誰？”郭立道：“秀秀養娘並崔待詔兩個，請郭立吃了酒食，教休來府中説知。”郡王聽説便道：“不想這兩個做出這事來，卻如何直走到那裏？”郭立道：“也不知他仔細，只見他在那裏住地，依舊掛招牌做生活。”郡王教幹辦去吩咐臨安府，即時差一個緝捕使臣，帶着做公的，徑來湖南潭州府，下了公文，同來尋崔寧和秀秀。

　　不兩月，捉將兩個來，解到府中，郡王即時升廳。原來郡王殺番人時，左手使一口刀，叫做“小青”；右手使一口刀，叫做“大青”。這兩口刀不知剁了多少番人。那兩口刀，掛在壁上。郡王升廳，眾人聲喏。即將這兩個人押來跪下。郡王好生焦躁。左手取下“小青”，睜起殺番人的眼兒，咬得牙齒剝剝地響。當時嚇殺夫人，在屏風背後道：“郡王，這裏是帝輦之下，不比邊庭上面，若有罪過，只消解去臨安府施行，如何胡亂殺人？”郡王聽説道：“這兩畜牲逃走，今日捉將來，我惱了，如何不殺？既然夫人來勸，且捉秀秀入府後花園去。把崔寧解去臨安府斷治。”當下着人解這崔寧到臨安府，一一從頭供説：“自從當夜失火，來到府中，都搬盡了，只見秀秀養娘從廊下出來，揪住崔寧道：‘你如何安手在我懷中？若不依我口，教壞了你！’要共崔寧逃走。崔寧不得已，只得與她同走。只此是實。”臨安府把文案呈上郡王，郡王是個剛直的人，便道：“既然恁地，寬了崔寧。惟不合在逃，罪杖，發遣建康府居住。”

　　當下差人押送，方出北關門，到鵝項頭，見一頂轎兒，兩個人抬着，從後面叫：“崔待詔，且不得去！”崔寧認得像是秀秀的聲音，趕將來又不知恁地？心下好生疑惑！只見後面趕將上來，歇了轎子，一個婦人走出來，正是秀秀，道：“崔待詔，自從解你去臨安府斷罪，郡王把我捉入後花園，打了三十竹篦，遂便趕我出來。我知道你建康府去，趕來同你去。”崔寧道：“恁地卻好。”討了船，直到建康府。押發人自回。押發人不是王府中人，無心管這閒事，況且崔寧一路買酒買食，奉承得他好，回去時就隱惡而揚善了。

再說崔寧兩口在建康居住，如今也不怕有人撞見，依舊開個碾玉作鋪。秀秀道：“我兩口卻在這裏住得好，只是我家爹媽兩個老的吃了些苦。當日捉我入府時，兩個去尋死覓活，今日也好教人去臨安府取我爹媽來這裏同住。崔寧道：“最好。”便教人取他丈人丈母，來人到臨安府尋見他住處，去門首看時，只見兩扇門關着，一把鎖鎖着，一條竹竿封着。問鄰舍：“他老夫妻哪裏去了？”鄰舍道：“莫說！他有個花枝也似女兒，獻在一個郡王去處。這個女兒卻跟一個碾玉的待詔逃走了。前日從湖南潭州捉將回來，送在臨安府吃官司。老夫妻見女兒捉去，就當下尋死覓活，至今不知下落，只恁地關着門在這裏。”來人見說，再回建康府來。

且說崔寧正在家中坐，只見外面有人道：“你尋崔待詔住處？這裏便是。”崔寧叫出秀秀來看時，不是別人，認得是璩公璩婆。都相見了，喜歡的做一處。那去找老兒的人，隔一日才到，說如此這般，尋不見，卻空走了這遭。兩個老的且自來到這裏了。兩個老人道：“我不知你們在建康住，教我尋來尋去，直到這裏。”其時四口同住，不在話下。

且說朝廷宮裏，一日到偏殿看玩寶器，拿起這玉觀音來看，這個觀音身上，有一個玉鈴兒，失手脫下。即時間近侍官員：“卻如何修理得？”官員將玉觀音反覆看了，看到底下碾着三字："崔寧造。"——"恁地容易，即是有人造，只消宣這個人來，教他修整。"敕下郡王府，宣取碾玉匠崔寧。郡王回奏："崔寧有罪，在建康府居住。"即時使人去建康，取得崔寧到來，將這玉觀音教他領去，用心整理，尋一塊一般的玉，碾一個鈴兒，接住了，到御前交納。主上加添賞賜予崔寧，令只在臨安府居住。崔寧道："我今日遭際御前，爭得氣。再來清湖河下尋間屋兒開個碾玉舖，不怕你們撞見！"可煞事有湊巧，方才開得舖三兩日，一個漢子從外面過來，就是那郭排軍。見了崔待詔，便道："崔大夫恭喜了！你卻在這裏住？"抬起頭來，看櫃身裏卻立着秀秀。郭排軍吃了一驚，拽開腳步就走。秀秀說與丈夫道："你與我叫住那排軍！我相問則個。"

崔待詔即時趕上扯住，只見郭排軍把頭只管側來側去，口裏喃喃地道："作怪，作怪！"沒奈何，只得與崔寧回來，到家中坐地。秀秀與他相見了，便問："郭排軍，前者我好意留你吃酒，你卻歸來說與郡王，壞了我兩個的好事。今日遭際御前，卻不怕你去說。"郭排軍吃她相問得無言可答，只道得一聲"得罪！"相別了，便來到府裏。對着郡王道："告恩王，有鬼！"郡王問道："有甚鬼？"郭立道："方才打清湖河下過，見崔寧開個碾玉舖，卻見櫃身裏一個婦女，便是秀秀養娘。"郡王焦躁道："胡說！秀秀被我打殺了，埋在後花園，你也看見，如何又在那裏？"郭立道："告恩王，怎敢取笑！方才叫住郭立，相問了一回。怕恩王不信，勒下軍令狀了去。"郡王道："真個在時，你勒軍令狀來！"那漢真個寫一紙軍令狀來。郡王收了，叫兩個當值的轎夫，抬一頂轎子，教："取這妮子來。若真個在，把來揹一刀；若不在，郭立！你須替她揹一刀！"郭立同兩個轎夫來取秀秀。

郭立卻不知軍令狀如何胡亂勒得。三個一徑來到崔寧家裏，那秀秀兀自在櫃身裏坐地。見那郭排軍來得慌忙，卻不知他勒了軍令狀來取。郭排軍道：“小娘子，郡王鈞旨，教來取你。”秀秀道：“既如此，你們少等，待我梳洗了同去。”即時入去梳洗，換了衣服出來，上了轎，吩咐了丈夫。兩個轎夫抬着，徑到府前。郭立先入去，郡王正在廳上等待。郭立唱了喏，道：“已取到秀秀養娘。”郡王道：“着她入來！”郭立出來道：“小娘子，郡王教你進來。”掀起簾子看一看，便是一桶水傾在身上，開着口，則合不得，就轎子裏不見了秀秀養娘。問那兩個轎夫道：“我不知，則見她上轎，抬到這裏，又不曾轉動。”

　　郭立叫將入來道：“告恩王，真個有鬼！”郡王道：“胡話！”教人：“捉這漢，等我取過軍令狀來，揹一刀。”郭立慌了道：“現有兩個轎夫見證，乞叫來問。”即時叫將轎夫來道：“見她上轎，抬到這裏，卻不見了。”說得一般，想必真個有鬼，只消得叫將崔寧來問，便使人叫崔寧來到府中。崔寧從頭至尾說了一遍。郡王道：“恁地，又不干崔寧事，且放他去。”崔寧拜辭去了。郡王焦躁，把郭立打了五十背花棒。

　　崔寧聽得說渾家是鬼，到家中問丈人丈母。兩個面面相覷，走出門，看看清湖河裏，撲通地都跳下水去了。當下叫救人，打撈，便不見了屍首。——原來當時打殺秀秀時，兩個老的聽得說，便跳在河裏，已自死了。這兩個也是鬼。——崔寧到家中，沒情沒緒，走進房中，只見渾家坐在牀上。崔寧道：“告姐姐，饒我性命！”秀秀道：“我因為你，吃郡王打死了，埋在後花園裏。卻恨郭排軍多口，今日已報了冤仇，郡王已將他打了五十背花棒。如今都知道我是鬼，容身不得了。”道罷起身，雙手揪住崔寧，叫得一聲，匹然倒地。鄰舍都來看時，只見崔寧也被扯去，和父母四個，一塊兒做鬼去了。

一鳥害七命

碾玉觀音

一鳥害七命

話說宋徽宗宣和三年，海寧郡武林門外北新橋下，有一機戶，姓沈名昱，家中頗為豐足，娶妻嚴氏，夫婦恩愛。單生一子，取名沈秀，一十八歲，未曾婚娶。其父專靠織造緞疋為活，不想這沈秀不務本分生理，專好閒耍，養畫眉過日。父母因惜他一子，教訓他不下。街坊鄰里取他一個渾名，叫做"沈鳥兒"。每日五更，提了畫眉，奔入城中柳林裏來拖畫眉。忽至春末夏初，花紅柳綠之時，沈秀侵晨起來，梳洗罷，吃了些點心，打點籠兒，盛着個無比賽的畫眉，往柳林裏去拖畫眉。不想這沈秀一去，死於非命。

當時沈秀提了畫眉，徑到柳林裏來。不意來得遲了些，眾拖畫眉的俱已散了，淨蕩蕩黑陰陰，沒一個人往來。沈秀獨自一個，把畫眉掛在柳樹上，叫了一回。沈秀自覺沒情沒緒，除了籠兒，正要回去，不想小肚子一陣疼，滾將上來，一塊兒蹲倒在地上。倒在柳樹邊，有兩個時辰不醒人事。

你道事有湊巧，這日有個箍桶的，叫做張公，挑着擔兒，徑往柳林裏，穿過褚家堂做生活。遠遠看見一個人，倒在樹邊，三步那做兩步，近前歇下擔兒。看那沈秀臉色蠟黃，昏迷不醒，身邊並無財物，只有一個畫眉籠兒，這畜牲此時越叫得好聽。所以一時見財起意，心中想道："終日括得這兩分銀子，怎地得快活？只這個畫眉，少也值二三兩銀子。"便提在手，卻待要走。不意沈秀正甦醒，開眼見張公提着籠兒，口裏罵道："老王八，將我畫眉哪裏去？"張公聽罵，想他倘爬起趕來，我倒反吃他虧。一不做，二不休，左右是歹了。卻去那桶裏取出一把削桶的刀來，把沈秀按住一勒，那彎刀又快，力又使得猛，那頭早滾在一邊。張公也慌張了，東觀西望，恐怕有人撞見。卻抬頭見一株空心楊柳樹，連忙將頭提起，丟在樹中。將刀放在桶內，籠兒掛在擔上，一道煙徑走。穿街過巷，投一個去處。

張公一頭走，一頭心裏想道："我見湖州墅裏客店內，有個客人，時常要買禽鳥，何不將去賣與他？"一徑望武林門外來。卻好見三個客人，兩個後生跟着，共是五人，正要收拾貨物回去，卻從門外進來客人，俱是東京汴梁人，內中有個姓李名吉，販賣生藥，平昔也好養畫眉，見這籠桶擔上，好個畫眉，便叫張公，借看一看。張公歇下擔子，那客人看那畫眉毛衣並眼，生得極好，心裏愛牠，便問張公："你肯賣麼？"張公巴不得脫禍，便道："客官，你出多少錢？"李吉越看越好，便道："與你一兩銀子。"張公道："本不當計較，只是愛者如寶，添些便罷。"那李吉取出三塊銀子，秤秤看到有一兩二錢，道："也罷。"遞與張公。張公接過銀子，看一看，將來放在荷包裏，將畫眉與了客人，別了便走。口裏道："發脫得這禍根，也是好事了。"不上街做生計，一直奔回家去。

原來張公在湧金門城腳下住，只老兩口兒，又無兒子。婆兒見張公回來，便道："緣何回來得早？有甚事幹？"張公只不答應，挑着擔子，徑入門歇下，轉身關上大門，道："阿婆，你來，我與你說話。恰才……"如此如此，"謀得這一兩二錢銀子，與你權且快活使用。"兩口兒歡天喜地，不在話下。

卻說柳林裏無人來往，直至巳牌時分，兩個挑糞莊家，打從那裏過，見了這沒頭屍首，擋在地上，吃了一驚，聲張起來。當坊里甲鄰佑，一時嚷動，申呈本縣，本縣申府。次日，差官吏仵作人等，前來柳陰裏，檢驗得渾身無些傷痕，只是無頭，官吏回覆本府，本府差應捕挨獲兇身。城裏城外，紛紛亂嚷。

卻說沈秀家到晚不見他回來，使人去各處尋不見。天明，央人入城尋時，只見湖州墅嚷道：“柳林裏殺死無頭屍首。”沈秀的娘聽得說，想道：“我的兒子昨日入城拖畫眉，至今無尋他處，莫不得是他？”連叫丈夫：“你必須自進城打聽。”沈昱聽了一驚，慌忙自奔到柳林裏。看了無頭屍首，仔細定睛上下看了衣服，卻認得是兒子，大哭起來。徑到臨安府告說：“是我的兒子，昨日五更入城拖畫眉，不知怎的被人殺了？望老爺做主！”本府發放各處應捕及巡捕官，限十日內要捕兇身着。

沈昱具棺木盛了屍首，放在柳林裏，一徑回家，對妻說道：“是我兒子，被人殺了，只不知將頭何處去了。我已告過本府，本府着捕人各處捉獲兇身。”嚴氏聽說，大哭起來，一跤跌倒。眾人灌湯，救得甦醒，哭道：“我兒日常不聽好人之言，今日死無葬身之地，誰想我老來無靠！”說了又哭，茶飯不吃。丈夫再三苦勸，只得勉強。過了半月，並無消息。沈昱夫妻二人商議後，連忙寫了幾張帖子，滿城去貼，上寫：“告知四方君子，如有尋獲得沈秀頭者，願賞錢一千貫；捉得兇身者，賞錢二千貫。”將此情告知本府，本府亦限捕人尋獲，亦出告示道：“如有人尋得沈秀頭者，官給賞錢五百貫；捉獲兇身者，賞錢一千貫。”告示一出，滿城哄動。

且說南高峯腳下，有一個極貧老兒，渾名叫做黃老狗，抬轎營生。老來雙目不明，靠兩個兒子度日，大的叫做大保，小的叫做小保。父子三人，正是衣不遮身，食不充口。一日，黃老狗叫大保、小保到來，“我聽得人說，甚麼財主沈秀吃人殺了，沒尋頭處。今出賞錢，說有人尋得頭者，本家賞錢一千貫，本府又給賞五百貫。我今老了，又無用處，你兩個今夜將我的頭割了，埋在西湖水邊。過了數日，待沒了辨色，卻將去本府告賞，共得一千五百貫錢，卻強似今日在此受苦。此計不宜遲，倘被別人先做了，空折了性命。”

當時兩個出到外面商議，小保道："我爺設這一計大妙，只是可惜沒了一個爺。"大保做人，又恨又呆，道："看他只在早晚要死，不若趁這機會殺了，去山下掘個坑埋了，又無蹤跡，哪裏查考？天理人心，又不是我們逼他，他自叫我們如此如此。"小保道："好倒好，只除等睡熟了，方可動手。"二人計較已定，卻去東奔西走，賒得兩瓶酒來，父子三人吃得大醉，東倒西歪。一覺直到三更，兩人爬將起來，看那老子正齁齁睡着。大保去灶前摸了一把廚刀，去爺的項上一勒，早把這顆頭割下了。連忙將破衣包了，放在牀邊。便去山腳下掘個深坑，扛去埋了，將頭去南屏山藕花居湖邊淺水處埋了。

過半月入城，看了告示，先走到沈昱家報說道："我二人昨日因捉蝦魚，在藕花居邊，看見一個人頭，想必是你兒子頭。"沈昱見說道："若果是，便賞你一千貫錢，一分不少。"便去安排酒飯吃了，同他兩個徑到南屏山藕花居湖邊。淺土隱隱蓋着一頭，提起看時，水浸多日，膨脹了，也難辨別。想必是了，沈昱便把手帕包了，一同兩個徑到府廳告說："沈秀的頭有了。"知府再三審問，二人答道："因捉魚蝦，故此看見，並不曉別項情由。"本府准信，給賞五百貫，二人領了，便同沈昱將頭到柳林裏，打開棺木，將頭湊在項上，依舊釘了，就同二人回家。嚴氏見說兒子頭有了，隨即安排酒飯，款待二人，與了一千貫賞錢。二人收了，作別回家，造房屋，買農具家生，不在話下。正是光陰似箭，不覺過了數月，官府也懈了，日遠日疏。

卻說沈昱是東京機戶，輪該解緞疋到京。待各機戶緞疋完日，到府領了解批文，回家吩咐了家中事務。即動身上路，飢餐渴飲，夜住曉行，不只一日，來到東京。把緞疋一一交納過了，取了批回，心下思量："我聞京師景致，比別處不同，何不閒看一遭，也是難逢難遇之事。"名山勝景，庵觀寺院，都走了一遭。偶然從御用監禽鳥房門前經過，那沈昱心中是愛禽鳥的，意欲進去一看。因門上用了十數個錢，得放進去閒看。只聽得一個畫眉，十分叫得巧好，仔細看時，正是兒子不見的畫眉，沈昱想起兒子，千行淚下，心中痛苦，不覺叫起屈來，那掌管禽鳥的校尉喝道："這廝好不知法度，為是甚麼如此大驚小怪起來！"沈昱痛苦難伸，越叫得響了。'

那校尉恐怕連累自己，只得把沈昱拿了，送到大理寺。大理寺官喝道："你是哪裏人，敢進內御用之處，有何冤屈之事？好好直說。"沈昱就把兒子拖畫眉被殺情由，從頭訴說了一遍。大理寺官聽說，呆了半晌，想這禽鳥是京民李吉進貢在此，緣何有如此一節隱情。便差人火速捉拿李吉到官，審問道："你為何在海寧郡將他兒子謀殺了，卻將他的畫眉來此進貢？"李吉道："先因往杭州買賣，行至武林門裏，撞見一個箍桶的擔上，掛着這個畫眉，吉因見牠叫得巧，用價一兩二錢，買將回來。因牠好巧，不敢自用，以此進貢上用。並不知人命情由。"勘官問："你既是問老兒買的，那老兒姓甚名誰？哪裏人氏？供得明白，即便放你。"李吉道："小人是路上逢着買的，實不知姓名，哪裏人氏。"勘官罵道："這便是含糊了，將此人命推與誰償？據這畫眉，便是實跡，這廝不打不招！"再三拷打，打得皮開肉綻。李吉痛苦不過，只得招做"因見畫眉生得好巧，一時殺了沈秀，將頭拋棄"情由。遂將李吉送下大牢監候，大理寺官具本奏上朝廷，聖旨道：李吉委的殺死沈秀，畫眉見存，依律處斬。將畫眉給還沈昱，又給了批文，放還原籍。

當時恰有兩個同與李吉到海寧郡來做買賣的客人，心裏不安，其一說道："有這等冤屈事！明明是買的畫眉，我欲待替他申訴，爭奈賣畫眉的人雖認得，我亦不知其姓名，只因一個畜牲，明明屈殺了一條性命。除我們不到杭州，若到，定要與他討個明白。”

這兩個當時同李吉來杭州賣生藥的客人，一姓賀，一姓朱，有些藥材，再到杭州湖墅客店內歇下，將藥材一一發賣訖，徑入城來，探聽這個箍桶的人。尋了一日不見，只好回歸店中歇了。次日，又進城來，卻好遇見一個箍桶的擔兒。二人便叫住道：“大哥，請問你，這裏有一個箍桶的老兒，⋯⋯”這般這般模樣，“不知他姓甚名誰，大哥你可認得麼？”那人便道：“客官，我這箍桶行裏，只有兩個老兒：一個姓李，住在石榴園巷內；一個姓張，住在西城腳下。不知哪一個是？”二人謝了，徑到石榴園來尋，只見李公正在那裏劈篾。二人看了，卻不是他。又尋到西城腳下，二人來到門首，便問：“張公在麼？”張婆道：“不在，出去做生活了。”二人也不打話，一徑且回。正是未牌時分，二人走不上半里之地，望見一個箍桶擔兒來。

張公不認得二人，二人卻認得張公，便攔住問道：“阿公高姓？”張公道：“小人姓張，問小人有何事幹？”二人便道：“我店中有許多生活要箍，要尋個老成的做，因此問你。你如今哪裏去？”張公道：“回去。”三人一頭走，一頭說，直走到張公門首。張公道：“二位請坐吃茶。”二人道：“今日晚了，明日再來。”張公道：“明日我不出去了，專等專等。”

二人作別，不回店去，徑投本府首告。把沈昱認畫眉、李吉被殺、撞見張公賣畫眉等事，一一訴明。“小人兩個不平，特與李吉討命，望老爺細審張公。府官道：“沈秀的事，俱已明白了，兇身已斬了，再有何事？”二人告道：“大理寺官不明，只以畫眉為實，不推詳來歷，將李吉明白屈殺了。小人路見不平，特與李吉討命。如不是實，怎敢告擾，望乞憐憫做主。”知府見二人告得苦切，隨即差捕人連夜去捉張公。

　　其夜眾公人奔到西城腳下，把張公背剪綁了，解上府去。次日，知府升堂，張公跪下。知府道："你緣何殺了沈秀，反將李吉償命？"喝令好生打着。直落打了三十下，打得皮開肉綻，鮮血淋漓。再三拷打，不肯招承。兩個客人齊說："李吉便死了，我二人眼見將一兩二錢銀子，買你的畫眉。你若說不是你，你便說這畫眉從何來？"張公猶自抵賴，知府大喝道："畫眉是真贓物，若再不招，取夾棍來夾起。"張公驚慌了，只得將前項盜取畫眉，勒死沈秀一節，一一供招了。知府道："那頭現今放在哪裏？"張公道："小人一時心慌，見側邊一株空心柳樹，將頭丟在中間。隨提了畫眉，徑出武林門來。"

　　知府令張公畫了供，又差人去拘沈昱，一同押着張公，到柳林裏尋頭。哄動市上之人無數，一齊都到柳林裏來看尋頭。只見果有一株空心柳樹，眾人將鋸放倒，果有一個人頭在內。提起看時，端然不動。沈昱定眼一看，認得是兒子的頭，大哭起來，昏迷倒地，半晌方醒。遂將帕子包了，押着張公，徑上府去。知府道："既有了頭，情真罪當。"取具大枷枷了，腳鐐手杻釘了，押送死囚牢裏，牢固監候。

　　知府又問沈昱道："當時那黃大保、小保，又哪裏得這人頭來請賞？事有可疑。"隨即差捕人去拿黃大保兄弟二人，押到府廳，當廳跪下。知府道："殺了沈秀的兇身，已自捉了，沈秀的頭現已追出。你弟兄二人謀死何人，將頭請賞？"大保、小保被問，口隔心慌，答應不出。知府大怒，喝令吊起拷打半日，不肯招承，又將燒紅烙鐵燙他，二人熬不過，只得口吐真情，說道："因見父親年老，有病伶仃，一時不合將酒灌醉，割下頭來，埋在西湖藕花居水邊，含糊請賞。屍骸就埋在南高峯腳下。"當時押發二人到彼，掘開看時，果有沒頭屍骸一副，便先押二人到於府廳回話，知府道："這等真乃逆天之事，世間有這等惡人！耳不欲聞，筆不欲書，就一頓打死他倒乾淨，此恨怎的消得！"喝令手下不要計數，先打一會，打得二人死而復醒者數次。討兩面大枷枷了，送入死囚牢裏，牢固監候。

隨即具表申奏，將李吉屈死情由奏聞。奉聖旨，着刑部及都察院，將原問李吉大理寺官好生勘問，隨貶為庶人，發嶺南安置。李吉平人屈死，情實可憐，着官給賞錢一千貫，除子孫差役。張公謀財故殺，屈害平人，依律處斬，剮割二百四十刀，分屍五段。黃大保、小保，貪財殺父，不分首從，俱各剮二百四十刀，分屍五段，梟首示眾。

一日文書到府，差官吏仵作人等，將三人押赴刑場上。其時張婆聽得老兒要剮，來到市曹上，指望見一面。誰想仵作已動手碎剮，其實兇險，驚得婆兒魂不附體，折身便走。不想被一絆，跌得重了，傷了五臟，回家身死。正是：

> 飛禽惹起禍根芽，七命相殘事可嗟。
> 奉勸世人須鑒戒，莫教兒女不當家。

金玉奴

　　話説宋紹興年間，杭州城中一個乞丐頭領，俗稱團頭，姓金，名老大。祖上到他，做了七代團頭了，掙得個完完全全的家事。住好房子，種好田園，穿好衣，吃好食；囊有餘錢，放債使婢，是數得着的富家。那金老大有志氣，把這團頭讓與族人金癩子做了，自己現成受用，不與這夥丐户歪纏。然雖如此，里中口順，還只叫他是團頭家，金老大年五十餘，喪妻無子，只一女名喚玉奴，生得十分美貌，金老大愛此女如同珍寶，從小教她讀書識字。到十五六歲時，詩賦俱通，更兼女工精巧，調箏弄管，事事伶俐。金老大倚着女兒才貌，立心要將她嫁個士人，可恨此女生於團頭之家，沒人相求。若是平常人家，沒前程的，金老大又不肯扳他了。因此高低不就，把女兒直捱到一十八歲，尚未許人。

　　偶然有個鄰翁來説："太平橋下有個書生莫稽，年二十歲，一表人才，讀書飽學。只為父母雙亡，家窮未娶。近日考中，補上太學生，情願入贅人家。此人正與令愛相宜，何不招之為婿？"金老大道："就煩老翁作伐何如？"鄰翁領命，徑到太平橋下，尋那莫秀才，對他説了："實不相瞞，祖宗曾做過團頭的，如今久不做了。只貪他好個女兒，又且家道富足。秀才若不棄嫌，老漢即當玉成其事。"莫稽口雖不語，心下想道："我今衣食不周，無力婚娶，何不俯就她家，一舉兩得？也顧不得恥笑。"乃對鄰翁説道："大伯所言雖妙，但我家貧乏聘，如何是好？"鄰翁道："秀才但是允從，紙也不費一張，都在老漢身上。"鄰翁回覆了金老大，擇個吉日，金家倒送一套新衣穿着，莫秀才過門成親。莫稽見玉奴才貌，喜出望外，不費一錢，白白地得了個美妻，又且豐衣足食，事事稱懷。就是朋友輩中，曉得莫稽貧苦，無不相諒，倒也沒人去笑他。

到了滿月，金老大備下盛席，教女婿請他同學會友飲酒，榮耀自家門戶，一連吃了六七日酒，何期惱了族人金癩子。那癩子心想道：“你也是團頭，我也是團頭，只你多做了幾代，掙得錢鈔在手，論起祖宗一脈，彼此無二。姪女玉奴招婿，也該請我吃杯喜酒。如今請人做滿月，開宴六七日，並無一張請帖兒到我。你女婿做秀才，難道就做尚書、宰相，我就不是親叔公？坐不起橫頭？我且去惱他一場，教他大家沒趣！”叫起五六十個丐戶，一齊奔到金老大家裏來。

金老大聽得鬧吵，開門看時，那金癩子領着眾丐戶，一擁而入，嚷做一堂。癩子徑奔席上，揀好酒好食只顧吃，口裏叫道：“快教姪婿夫妻來拜見叔公！”唬得眾秀才站腳不住，都逃席去了，連莫稽也隨着眾朋友躲避。金老大無可奈何，只得再三央告道：“今日是我女婿請客，不干我事。改日專治一杯，與你陪話。”又將許多錢鈔分賞眾丐戶，又抬出兩甕好酒和些活雞、活鵝之類，教眾丐戶送去癩子家，當個折席。直亂到黑夜，方才散去。玉奴在房中氣得兩淚交流。這一夜，莫稽在朋友家借宿，次早方回。金老大見了女婿，自覺出醜，滿面含羞，莫稽心中未免也有三分不樂，只是大家不説出來。

卻説金玉奴只恨自己門風不好，要掙個出頭，乃勸丈夫刻苦讀書。凡古今書籍，不惜價錢，買來與丈夫看；又不吝供給之費，請人會文會講。莫稽由此才學日進，名譽日起，二十三歲發解連科及第。這日瓊林宴罷，烏帽宮袍，馬上迎歸。將到丈人家裏，只見街坊上一羣小兒爭先來看，指道：「金團頭家女婿做了官也。」莫稽在馬上聽得此言，又不好攬事，只得忍耐。見了丈人，雖然外面盡禮，卻包着一肚子怨氣，想道：「早知有今日富貴，怕沒王侯貴戚招贅成婚？卻拜個團頭做岳丈，可不是終身之玷！如今事已如此，妻又賢慧，不好決絕得。正是事不三思，終有後悔。」為此心中快快，只是不樂。玉奴幾遍問而不答，正不知甚麼意故。

不一日，莫稽謁選，得授無為軍司戶，丈人治酒送行。此時眾丐戶也不敢登門鬧吵了。莫稽領了妻子，登舟赴任。行了數日，到了采石江邊，繫舟北岸。其夜月明如畫，莫稽睡不能寐，穿衣而起，坐在船頭玩月。四顧無人，又想起團頭之事，悶悶不悅。忽然動一個惡念，除非此婦身死，另娶一人，方免得終身之恥。心生一計，走進船艙，哄玉奴起來看月。玉奴已睡了，莫稽再三逼她起身。玉奴只得披衣，走至艙門口，舉頭望月，被莫稽出其不意，牽出船頭，推墮江中。悄悄喚起舟人，吩咐快開船前去，重重有賞，不可遲慢。舟子慌忙撐篙盪槳，移舟十里之外，住泊停當，方才說：「適間奶奶因玩月墜水，撈救不及了。」卻將三兩銀子賞與舟人為酒錢。舟人會意，誰敢開口？船中雖有幾個蠢婢子，只道主母真個墜水，悲泣了一場。

事有湊巧，莫稽移船去後，剛剛有個淮西轉運使許德厚，也是新上任的，泊舟於采石北岸，正是莫稽先前推妻墜水處。許德厚和夫人推窗看月，開懷飲酒，尚未曾睡。忽聞岸上啼哭，乃是婦人聲音，其聲哀怨，忙呼水手打看，果然是個單身婦人，坐於江岸。便教喚上船來，審其來歷。原來正是金玉奴，初墜水時，魂飛魄蕩，已拼着必死。忽覺水中有物，托起兩足，隨波而行，近於江岸。玉奴掙扎上岸，舉目看時，江水茫茫，已不見了司戶之船，才悟丈夫貴而忘賤，故意欲溺死故妻，別圖良配。如今雖得了性命，無處依棲，轉思苦楚，因此痛哭。許公夫婦都感傷墮淚，勸道：“汝休得悲啼，肯為我義女，再作打算。”玉奴拜謝。許公吩咐夫人取乾衣替她通身換了，安排她後艙獨宿。教手下男女都稱她小姐，又吩咐舟人，不許洩漏其事。

　　不一日，到淮西上任。那無為軍正是他所屬地方，許公是莫司戶的上司，未免隨班參謁。許公見了莫司戶，心中想道：“可惜一表人才，幹恁般薄倖之事。”約過數月，許公對僚屬說道：“下官有一女，頗有才貌，欲擇一佳婿贅之。諸君意中，有其人否？”眾僚屬都聞得莫司戶青年喪偶，齊聲薦他才品非凡，堪作東牀之選。許公道：“此子吾亦屬意久矣，但少年登第，心高望厚，未必肯贅吾家。”眾僚屬道：“彼出身寒門，得公收拔，如兼葭倚玉樹，何幸如之，豈以入贅為嫌乎？”許公道：“諸君既可與莫司戶言之？但云出自諸君之意，莫說下官，恐有妨礙。”眾人領命，遂與莫稽說知此事，要替他做媒。莫稽正要攀高，便欣然應道：“此事全仗玉成，當效銜結之報。”眾人隨即將言回覆許公。許公道：“雖承司戶不棄，但下官此女，嬌養成性，所以不捨得出嫁。只怕司戶少年氣盛，不相饒讓，或致小有嫌隙，有傷下官夫婦之心。須是預先講過，凡事容耐些，方敢贅入。”眾人領命，又到司戶處傳話，司戶無不依允。此時司戶不比做秀才時節，一般用金花綵幣為納聘之儀，選了吉期，整備做轉運使的女婿。

　　卻說許公先教夫人與玉奴說：“老相公憐你寡居，欲重贅一少年進士。”玉奴答道：“奴家既與莫郎結髮，從一而終。雖然莫郎嫌貧棄賤，忍心害理，奴家仍盡其道，豈肯改嫁，以傷婦節？”言畢，淚如雨下。夫人察她志誠，乃實說道：“老相公所說少年進士，就是莫郎。老相公恨其薄倖，務要你夫妻再合，只説有個親生女兒，要招贅一婿，卻教眾僚屬與莫郎議親，莫郎欣然聽命，只今晚入贅吾家。等他進房之時，須是……”如此如此，“與你出這口嘔氣。”玉奴方才收淚，重勻粉面，再整新妝，打點結親之事。

到晚，莫司户冠帶齊整，帽插金花，身披紅錦，跨着雕鞍駿馬，兩班鼓樂前導，眾僚屬都來送親。

那邊，轉運司亦鋪氈結綵，大吹大擂，等候新女婿上門。莫司户到門下馬，許公冠帶出迎，莫司户直入私宅，新人用紅帕覆首，兩個養娘扶將出來。掌禮人在檻外喝禮，雙雙拜了天地，又拜了丈人、丈母，然後交拜禮畢，送歸洞房做花燭筵席。莫司户此時心中，如登九霄雲裏，歡喜不可形容，仰着臉，昂然而入。

才跨進房門，忽然兩邊門側裏走出七八個老嫗、丫鬟，一個個手執籬竹細棒，劈頭劈腦打將下來，把紗帽都打脱了，肩背上棒如雨下，打得叫喊不迭，莫司户慌做一堆蹭倒，只得叫聲：“丈人，丈母，救命！”只聽房中嬌聲婉轉吩咐道：“休打殺薄情郎，且喚來相見。”眾人方才住手，七八個老嫗、丫鬟，扯耳朵，拽胳膊，腳不點地，擁到新人面前。司户説道：“下官何罪？”開眼看時，畫燭輝煌，照見上邊端端正正坐着個新人，不是別人，正是故妻金玉奴。莫稽此時魂不附體，亂嚷道：“有鬼！有鬼！”眾人都笑起來。

只見許公自外而入，叫道：“賢婿休疑，此乃吾采石江頭所認之義女，非鬼也。”莫稽心頭方才住了跳，慌忙跪下，拱手道：“我莫稽知罪了，望大人包容。”許公道：“此事與下官無干，只吾女沒説話就罷了。”玉奴唾其面，駡道：“薄倖賊！你不記當初你空手贅入吾門，虧得我家資財，讀書延譽，以致成名，奴家亦望夫榮妻貴，何期你忘恩負本，就不念結髮之情，將奴推墮江心。幸然上天可憐，得遇恩爹提救，收為義女。倘然葬江魚之腹，你別娶新人，於心何忍？"說罷，放聲而哭。莫稽滿面羞慚，閉口無言，只顧磕頭求恕。

許公見罵得夠了，方才把莫稽扶起，勸玉奴道："我兒息怒，如今賢婿悔罪，料然不敢輕慢你了。你兩個雖然舊日夫妻，在我家只算新婚花燭，凡事看我之面，一筆都勾罷。"又對莫稽說道："賢婿，你自家不是，休怪別人，今宵只索忍耐，我教你丈母來解勸。"說罷，出房去。少刻夫人來到，又調停了許多說話，兩個方才和睦。

次日許公設宴，款待新女婿，將前日所下金花綵幣，依舊送還，道："一女不受二聘，賢婿前番在金家已費過了，今番下官不敢重疊收受。"莫稽低頭無語，許公又道："賢婿常恨令岳翁卑賤，以致夫婦失愛，幾乎不終。今下官備員如何？只怕爵位不高，尚未滿賢婿之意。"莫稽漲得面皮紅紫，只是離席謝罪。

自此莫稽與玉奴夫婦和好，比前加倍。許公共夫人待玉奴如真女，待莫稽如真婿，玉奴待許公夫婦，亦與真爹媽無異。連莫稽都感動了，迎接團頭金老大在任所，奉養送終。

鬼斷家私

話說明朝永樂年間，北京順天府香河縣，有個倪太守，雙名守謙，家累千金，肥田美宅。夫人陳氏，單生一子，名曰善繼，長大婚娶之後，陳夫人身故。倪太守罷官鰥居，年七十九，但精神健旺。凡收租放債之事，件件關心，不肯安閒享用。倪善繼對老子說道："父親明年八十齊頭了，何不把家事交卸與孩兒掌管，吃些現成茶飯，豈不為美？"老子搖着頭，說出幾句道：

"在一日，管一日。替你心，替你力。掙些利錢穿共吃；直待兩腳壁立直。"

每年十月間，倪太守親往莊上收租，整月的住下。莊戶人家，肥雞美酒，儘他受用。那一年，又去住了幾日。偶然一日，午後無事，繞莊閒步，觀看野景。忽然見一個女子，同着一個白髮婆婆，向溪邊石上搗衣。那女子雖然村妝打扮，頗有幾分姿色。倪太守老興勃發，看得呆了。那女子搗衣已畢，隨着老婆婆而走。那老兒留心觀看，只見她走過數家，進一個小小白籬笆門內去了。倪太守連忙轉身，喚管莊的來，教他訪那女子曾否許人，"若是沒有人家時，我要娶她為妾，未知她肯否？"管莊的奉承家主，領命便走。

原來那女子姓梅，因幼年父母雙亡，在外婆身邊居住。年一十七歲，尚未許人。管莊的與那老婆婆說："我家老爺見你女孫兒生得齊整，意欲聘為偏房。雖說是做小，老奶奶去世已久，上面並無人拘管。嫁得成時，豐衣足食，連你老人家年常衣服、茶、米，都是我家照顧，臨終還得個好斷送。"老婆婆聽得花錦似一片說話，即時依允。管莊的回覆了倪太守，太守大喜。講定財禮，討皇曆看個吉日，又恐兒子阻擋，就在莊上行聘，莊上做親。

過了三朝，喚個轎子，抬那梅氏回宅，與兒子媳婦相見。闔宅男婦，都來磕頭，稱為小奶奶。倪太守把些布帛，賞與眾人，各各歡喜。只有那倪善繼，心中不悅。面前雖不言語，背後夫妻兩口兒議論道："這老人太沒正經，一把年紀，討這花枝般的女兒，支持不過，那少婦一旦熬不得，走了野路，出乖露醜，為家門之玷。還有，那少婦跟隨老漢，平時偷短偷長，做下私房，又撒嬌撒癡，要漢子製辦衣飾與她；到得樹倒鳥飛時節，她便顛作嫁人，一包兒收拾去受用。"又說道："這女子嬌模嬌樣，好像個妓女，全沒有良家體段，在爹身邊，只該半妾半婢，叫聲姨姐，可笑爹不明，叫眾人喚她做小奶奶，教她做大起來，明日咱們顛倒受她嘔氣。"夫妻二人，唧唧噥噥，說個不了。早有多嘴的傳話來，倪太守知道了，雖然不樂，卻也藏在肚裏。幸得那梅氏秉性溫良，事上接下，一團和氣，眾人也都相安。

過了兩個月，梅氏得了身孕，瞞着眾人，只有老公知道，捱到十月滿足，生下一個小孩兒出來，舉家大驚。這日正是九月九日，乳名取做重陽兒。到十一日，就是倪太守生日。這年恰好八十歲了，賀客盈門。倪太守開筵管待，一來為壽誕，二來當小孩兒三朝之會。眾賓客道："老先生高年，又新添個小令郎，足見血氣不衰，乃上壽之徵也。"倪太守大喜。倪善繼背後又說道："八十歲了，哪見枯樹上生出花來？這孩子不知哪裏來的雜種，決不是咱爹嫡血，我斷然不認他做兄弟。"老子又曉得了，也藏在肚裏。

光陰似箭，不覺又是一年，重陽兒周歲，裏親外眷，又來作賀，倪善繼倒走了出門，不來陪客。老子也不去尋他回來。自己陪着諸親，吃了一日酒。雖然口中不語，心內未免有些不足之意。那倪善繼平日做人，又貪又狠，一心只怕小孩子長大起來，分了他一股家私，所以不肯認做兄弟，預先把惡話謠言，日後好擺佈他母子。那倪太守怎不明白？只恨自家老了，等不及重陽兒成人長大，看了這點小孩子，好生痛他；又看了梅氏小小年紀，好生憐她。常時想一會，悶一會，又懊悔一會。

再過四年，小孩子長成五歲。老子見他伶俐，要送他館中上學。取個學名叫善述。揀個好日，備了果酒，領他去拜師父。那師父就是倪太守請在家裏教孫兒的，小叔姪兩個同館上學，誰知倪善繼見那孩子，取名善述，與己排行，先自不悅；又與他兒子同學讀書，要兒子叫他叔叔，從小叫慣了，後來就被他欺壓，不如喚了兒子出來，另從個師父罷。過了幾日，倪太守聽得師父說：「大令郎另聘了個先生，分做兩個學堂，不知何意？」倪太守聽了此言，不覺大怒，要尋大兒子問其緣故。又想道：「天生恁般逆種，與他說也沒幹，由他罷了。」含了一口悶氣，回到房中，偶然腳慢，絆着門檻一跌。梅氏慌忙扶起，扶到牀上坐下，已不省人事。急請醫生來看，醫生說是中風。忙取薑湯灌醒，扶他上牀，雖然心下清爽，卻滿身麻木，動彈不得。醫生切脈道：「只好延捱日子，不能痊癒了。」倪善繼聞知，也來看覷了幾遍，見老子病勢沉重，料是不起，便呼吆喝六，打童罵僕，裝出家主公的架子來。老子聽得，越加煩惱。梅氏只得啼哭，連小學生也不去上學，留在房中，相伴老子。

倪太守自知病篤，喚大兒子到面前，取出簿子一本，家中田地屋宅及人頭賬目總數，都在上面，吩咐道：「善述年方五歲，衣服尚要人照管，梅氏又年少，也未必能管家，若分家私與他，也是枉然，如今盡數交付與你。倘或善述日後長大成人，你可替他娶房媳婦，分他小屋一所，良田五六十畝，勿令飢寒足矣。這段話我都寫絕在家私簿上，就當分家，把與你做個執照。梅氏若願嫁人，聽從其便。倘肯守着兒子度日，也莫強她。」倪善繼把簿子揭開一看，果然開得細，寫得明，滿臉堆下笑來，連聲應道：「爹休憂慮，一一依爹吩咐便了。」抱了家私簿子，欣然而去。

梅氏見他去得遠了，兩眼垂淚，指着那孩子道："這個小兒，難道不是你嫡血？你卻把家私都與大兒子了，教我母子兩口，異日把甚麼過活？"倪太守道："你有所不知，我看善繼，不是個良善之人，若將家私平分了，連這小孩子的性命也難保。不如都把與他，順了他意，再無妒忌。"梅氏又哭道："雖然如此，自古道'子無嫡庶'，這般厚薄不均，被人笑話。"倪太守道："我也顧不得了。你年紀正小，趁我未死，將孩子囑咐善繼，待我去世後，儘你心中揀擇頭好人家，自去圖下半世受用，莫要在他們身邊討氣吃。"梅氏道："說哪裏話！奴家從一而終，況又有了這小孩兒，怎割捨得拋他？好歹要守在這孩子身邊的。"倪太守道："你果然肯守志終身麼？"梅氏就發起大誓來。

倪太守道："你若立志果堅，莫愁母子沒得過活。"便向枕邊摸出一件東西來，交與梅氏。原來是一尺闊三尺長的一個小軸子。梅氏道："要這小軸兒何用？"倪太守道："這是我的行樂圖，其中自有奧妙。你可悄地收藏，直待孩子年長。善繼不肯看顧他，你也只含藏於心。等得個賢明有司官來，你卻將此軸去訴理，述我遺命，求他細細推詳，自然有個處分，儘夠你母子二人受用。"梅氏收了軸子。又延了數日，倪太守一夜痰厥，叫喚不醒，嗚呼哀哉死了。享年八十四歲。

且說倪善繼得了家私簿，又討了各倉各庫匙鑰，每日只去查點家財雜物，哪有功夫走到父親房裏問安？直等嗚呼之後，梅氏差丫鬟去報知凶信，夫妻兩口方才跑來，也哭了幾聲"老爹爹"。沒一個時辰，就轉身去了，倒委着梅氏守屍。殮殯成服後，梅氏和小孩子兩口守着孝堂，早暮啼哭，寸步不離。善繼只是點名應客，全無哀痛之意。擇日安葬後，就把梅氏房中，傾箱倒篋，只怕父親存下些私房銀兩在內，梅氏乖巧，恐怕收去了她的行樂圖，把自己原嫁來的兩隻箱籠，倒先開了，提出幾件穿舊衣裳，教他夫妻兩口檢看。夫妻兩口兒亂了一回，自去了。

次早，倪善繼又喚個做屋匠來，將大屋重新改造，與自家兒子做親。將梅氏母子，搬到後園三間雜屋內棲身，只與他們四腳小牀一張，和幾件粗枱粗櫈，原在房中服侍有兩個丫鬟，揀了大些的喚去了，只留下十一二歲的小使女，每日是她廚下取飯。梅氏見不方便，索性討些飯米，堆個土灶，自炊來吃。早晚做些針指，買些小菜，將就度日。小學生附在鄰家上學，束脩都是梅氏自出。善繼又屢次教妻子勸梅氏嫁人，又尋媒與她說親，見梅氏誓死不從，只得罷了。梅氏十分忍耐，凡事不言不語，所以善繼雖然兇狠，也不將他母子放在心上。

光陰似箭，善述不覺長成十四歲。梅氏平生謹慎，從前之事，在兒子面前，一字也不提，只怕引出是非，無益有損。守到十四歲時，他胸中漸漸涇渭分明，瞞他不得了。一日，向母親討件新絹衣穿，梅氏回他沒錢買得，善述心想道："我爹做過太守，只生我弟兄兩人，現今哥哥恁般富貴，我要一件衣服，就不能夠了，是怎地？既娘沒錢時，我自與哥哥索討。"便瞞了母親，徑到大宅裏去。

尋見了哥哥，善繼倒吃了一驚，問他來做甚麼。善述道："我是個縉紳子弟，身上襤褸，被人恥笑。特來尋哥哥討疋絹去，做衣服穿。"善繼道："你要衣服穿，自與娘討。"善述道："老爹爹家私是哥哥管，不是娘管。"善繼聽說"家私"二字，便紅着臉問道："這句話，是哪個教你說的？你今日來討衣服穿，還是來爭家私？"善述道："家私少不得有日分析，今日先要件衣服，裝裝體面。"善繼道："你這般野種，要甚麼體面！老爹爹縱有萬貫家私，自有嫡子嫡孫，干你野種屁事！你莫要惹着我性子，教你母子二人無安身之處！"善述道："一般是老爹爹所生，怎麼我是野種？惹着你性子，難道謀害了我娘兒兩個，你就獨佔了家私不成？"善繼大怒，牽住他衣袖兒，一連七八個拳頭，打得頭皮都青腫了。善述掙脫了，一道煙走出，哀哀的哭到母親面前來，備細述與母親知道。梅氏抱怨道：「我教你莫去惹事，你不聽教訓，打得你好！」口裏雖如此説，扯着青布衫，替他摩那頭上腫處，不覺兩淚交流。

梅氏恐怕善繼藏怒，倒遣使女進去致意，説小學生不曉世事，衝撞長兄，善繼兀自怒氣不息，次日侵早，邀幾個族人在家，取出父親親筆分關，請梅氏母子到來，公同看了，便道：「尊親長在上，不是善繼不肯養他母子，要攆他們出去，只因善述昨日與我爭取家私，發許多説話，誠恐日後長大，説話一發多了，今日分析他母子出外居住。東莊住房一所，田五十八畝，都是遵依老爹爹遺命，伏乞尊親長作證。」這夥親族，平昔曉得善繼做人利害，哪個還肯多嘴？都説道：「照依分關，再沒話了。」就是那可憐善述母子的，也只説道：「多少白手成家的，如今有屋住，有田種，不算沒根基了，只要自去掙持。得粥莫嫌薄，各人自有個命在。」

梅氏同孩兒謝了眾親長，拜別了祠堂，辭了善繼夫婦，教人搬了幾件舊傢伙，和那原嫁來的兩隻箱籠，催了牲口騎坐，來到東莊屋內。只見荒草滿地，屋瓦稀疏，是多年不修整的，喚莊戶來問時，知這五十八畝田，都是最下不堪的。大熟之年，一半收成還不到；若荒年，只好賠糧。梅氏只叫得苦。倒是小學生有智，對母親道：「我弟兄兩個，都是老爹爹親生，為何分關上如此偏向？其中必有緣故。莫非不是老爹爹親筆？母親何不告官申理？厚薄憑官府判斷。梅氏被孩兒提起線索，便將十來年隱下衷情，都説出來道：「我兒休疑，這正是你父親之筆。他道你年小，恐怕被做哥哥的暗算，所以把家私都判與他，以安其心。臨終之日，只與我行樂圖一軸，再三囑咐：其中含藏啞謎，直待賢明有司在任，送他詳審，包你母子兩口，有得過活。」善述道：「何不早説此事？行樂圖在哪裏？快取來與孩兒一看。」梅氏開了箱兒，取出一個布包來。解開包袱，裏面又有一重油紙封裹着。拆了封，展開那一尺闊三尺長的小軸兒，掛在椅上，母子仔細看時，乃是一個坐像，烏紗白髮，畫得丰采如生，懷中抱着嬰兒，一隻手指着地下。揣摩了半晌，全然不解，只得依舊收捲包藏。

過了數日，善述到前村要訪個師父講解，偶從關王廟前經過，只見一夥村人，抬着豬羊大禮，祭賽關聖。善述立住腳頭看時，見一個過路的老者與村人對話，得知最近來了個新任知縣滕爺，斷案精明，專為村人洗脫冤情，善述便回家學與母親知道，母子商議已定，便帶了軸兒，來到縣中叫喊。大尹見沒有狀詞，只有一個小小軸兒，甚是奇怪。問其緣故，梅氏將倪善繼平昔所為，及老子臨終遺囑，備細說了。滕知縣收了軸子，教兩母子且去，進衙細看。

滕大尹退歸私衙，取那一尺闊三尺長的小軸，看是倪太守行樂圖，一手抱個嬰孩，一手指着地下。推詳了半日，想道：「這個嬰孩就是倪善述，不消說了。那一手指地，莫非要有司官念他地下之情，替他出力麼？」又想道：「他既有親筆分關，官府也難做主了。他說軸中含藏啞謎，必然還有個道理。」每日退堂，便將畫圖展玩，千思萬想。如此數日，只是不解。

一日午飯後，又去看那軸子。丫鬟送茶來吃，將一手去接茶甌，偶然失挫，潑了些茶，把軸子沾濕了。滕大尹放了茶甌，走向階前，雙手扯開軸子，就日色曬乾。忽然日光中照見軸子裏面有些字影，滕知縣揭開看時，乃是一幅字紙，托在畫上，正是倪太守遺筆，上面寫道：

「老夫官居太守，壽踰八旬，死在旦夕，亦無所恨。但孽子善述，方年周歲，嫡善繼素缺孝友，日後恐為所戕。新置大宅二所，及一切田產，悉以授繼。惟左偏舊小屋，可分與述。此屋雖小，室中左壁埋銀五千，作五罈；右壁埋銀五千，金一千，作六罈，後有賢明有司主斷者，述兒奉酬白金三百兩。八十一翁倪守謙親筆。

年月日花押

原來這行樂圖，是倪太守八十一歲上，與小孩子做周歲時，預先做下的。滕大尹最有機變的人，看見開着許多金銀，未免垂涎。眉頭一皺，計上心來，差人密拿倪善繼來見，自有話説。

卻説倪善繼日日在家中快樂。忽見縣差奉着手批拘喚，推阻不得，只得相隨到縣。大尹喚到案前問道："你就是倪太守的長子麼？"善繼應道："小人正是。"大尹道："你庶母梅氏，有狀告你，説你逐母逐弟，佔產佔房。此事真麼？"倪善繼道："庶弟善述，在小人身邊，從幼撫養大的。近日他母子自要分居，小人並不曾逐他。其家財一節，都是父親臨終，親筆分析定的，小人並不敢有違。大尹道："你父親親筆在哪裏？"善繼道："現在家中，容小人取來呈覽。"大尹道："他狀詞內告有家財萬貫，非同小可。遺筆真偽，也未可知。明日可喚齊梅氏母子，我親到你家查閱家私。若厚薄果然不均，自有公道。"喝教皂快押出善繼，就去拘集梅氏母子，明日一同聽審。公差得了善繼的東道，放他回家去訖，自往東莊拘人去了。

再説善繼聽見官府口氣利害，好生驚恐。論起家私，其實全未分析，單單持着父親分關執照，千鈞之力，需要親族見證方好。連夜將銀兩分送三族親長，囑託他們次早都到家來，若官府問及遺筆一事，求他們同聲相助。這夥親族，自從倪太守亡後，從不曾見善繼酒杯相及，今日大塊銀子送來，各各暗笑，落得受了買東西吃。明日見官，旁觀動靜，再作區處。

且説梅氏見縣差拘喚，次日侵早，便到縣中，去見滕大尹。大尹道："憐你孤兒寡婦，自然該替你説法。但聞得善繼執得有亡父親筆分關，這怎麼處？"梅氏道："分關雖寫得有，卻是保全孩子之計，非出亡夫本心。恩相只看家私簿上數目，自然明白。"大尹道："常言道：'清官難斷家事。'我如今管你母子一生衣食充足，你也休做十分大望。"梅氏謝道："若得免於飢寒足矣，豈望與善繼同作富家郎乎？"

滕大尹吩咐梅氏母子，先到善繼家伺候。倪善繼早已打掃廳堂，堂上設一把虎皮交椅，焚起一爐好香。一面催請親族，早來守候。梅氏和善述到來，見十親九眷，都在眼前，一一相見了，也不免說幾句求情的話兒。善繼雖然一肚子惱怒，此時也不好發洩。

等不多時，只聽得遠遠喝道之聲，料是縣主來了，善繼整頓衣帽迎接。親族中年長知事的，準備上前見官。只見一對對執事兩班排立，後面青羅傘下，蓋着有才有智的滕大尹。到得倪家門首，執事跪下，吆喝一聲。梅氏和倪家兄弟，都一齊跪下來迎接。轎夫停了轎子。滕大尹踱下轎來。將欲進門，忽然對着空中，連連打恭，口裏應對，恰像有主人相迎的一般。眾人都吃驚，看他做甚模樣。只見滕大尹一路揖讓，直到堂中。連作數揖，口中敘許多寒溫的言語。先向朝南的虎皮交椅上打個恭，連忙轉身，就拖一把交椅，朝北主位排下，又向空再三謙讓，方才上坐。

眾人看他見神見鬼的模樣，都兩旁站立呆看。只見滕大尹在上坐拱揖，開談道："令夫人將家產事告到晚生手裏，此事端的如何？"說罷，便作傾聽之狀。良久，乃搖首吐舌道："長公子太不良了，教次子何以存活？"停一會，又說道："右偏小屋，有何活計？"又連聲道："領教，領教。"又停一時，說道："這項也交付次公子，晚生都領命了。"少停又拱揖道："晚生怎敢當此厚惠？"推遜了多時，又道："既承尊命懇切，晚生勉領，便給批照與次公子收執。"乃起身，連作數揖，口稱："晚

生便去。"眾人都看得呆了。

只見滕大尹立起身來，東看西看問道："倪爺哪裏去了？"門子稟道："沒見甚麼倪爺？"滕大尹道："有此怪事！"喚善繼問道："方才令尊老先生，親在門外相迎，與我對坐了講這半日說話，你們諒必都聽見的。"善繼道："小人不曾聽見。"滕大尹道："方才長長的身兒，瘦瘦的臉兒，高顴骨，細眼睛，長眉大耳，朗朗的三牙鬚，銀也似白的，紗帽皂靴，紅袍金帶，可是倪老先生模樣？"眾人一身冷汗，都跪下道："正是他生前模樣。"大尹道："如何忽然不見了？他說家中有兩處大廳堂，又東邊舊存下一所小屋，可是有的？"善繼也不敢隱瞞，大尹道："且到東邊小屋去一看，自有話說。"眾人見大尹半日自言自語，說得活龍活現，分明是倪太守模樣，都信道倪太守真個出現了。

倪善繼引路，眾人隨著大尹，來到東偏舊屋內。這舊屋是倪太守未得第時所居，自從造了大廳大堂，把舊屋空著，只做個倉廳，堆積些零碎米麥在內，留下一房家人。大尹前後走了一遍，到正屋中坐下，向善繼道："你父親果是有靈，家中事體，備細與我說了，教我主張，這所舊宅子與善述，你意下如何？"善繼叩頭道："但憑恩台明斷。"大尹討家私簿子細細看了，喚倪善繼過來，"既然分關寫定，這些田園賬目，一一給你，善述不許妄爭。"梅氏暗暗叫苦，方欲上前哀求，只見大尹又道："這舊屋判與善述，此屋中之所有，善繼也不許妄爭。"善繼想道："這屋內破傢破伙，不值甚事，堆下些米麥，也存不多兒，我也夠便宜了。"便連連答應道："恩台所斷極明。"

大尹道："你兩人一言為定，各無翻悔。眾人既是親族，都來做個證見。方才倪老先生當面囑咐說：『此屋左壁下埋銀五千兩，作五罈，當與次兒。』"便教手下討鋤頭鐵鍬等器，率領民壯，往東壁下掘開牆基，果然埋下五個大罈。罈中都是白銀子，上秤稱時，剛剛五千兩足數。眾人看見，無不驚訝。滕大尹教把五罈銀子，一字兒擺在自家面前，又吩咐梅氏道："右壁還有五罈，亦是五千之數。更有一罈金子，方才倪老先生有命，送我作酬謝之意，我不敢當，他再三相強，我只得領了。"梅氏同善述叩頭説道："左壁五千，已出望外；若右壁更有，敢不依先人之命。"大尹再教人發掘西壁，果然六個大罈，五罈是銀，一罈是金。

善繼看着許多黃白之物，眼裏都放出火來，恨不得搶他一錠。只是有言在前，一字也不敢開口。滕大尹寫個照帖，給與善述為照，就將這房家人，判與善述母子。梅氏同善述不勝之喜，一同叩頭拜謝。善繼滿肚不樂，也只得磕幾個頭，勉強説句"多謝恩台主張"。大尹判幾條封皮，將一罈金子封了，放在自己轎前，抬回衙內，落得受用。眾人都認道真個倪太守許下酬謝他的，反以為理之當然，哪個敢道個不字？

再説梅氏母子，次日又到縣拜謝滕大尹。大尹已將行樂圖取去遺筆，重新裱過，給還梅氏收領。梅氏母子方悟行樂圖上，一手指地，乃指地下所藏之金銀也。

公案小說與偵探小說

　　人人都喜歡聽故事，尤其是懸異離奇的。人類這種愛好特性並沒有地域或者文化上的差異，所以古今中外，大家都津津樂道那些曲折離奇的故事。案件偵查是具有曲折離奇特性的好題材，所以古今中外都不缺以查案、審案、判案為題材的故事，有些是當時的流行小說或劇本，其中優秀出色的則成了著名文學故事。

　　歐洲有《福爾摩斯探案》、中國有《包公案》，都是這類小說裏的名作。《福爾摩斯探案》屬於偵探小說，中國古代的《包公案》之類作品，則叫做公案小說。"公案"原指官府的案牘，後來引伸為有待判決的案件。公案小說就是中國古代以官司案件為內容的小說。這種故事在宋元時已經出現，到明代更成熟和豐富，除了《包公案》，還有《施公案》、《彭公案》。中國的這些公案小說，都以一個斷案如神的官員做主角，《包公案》的主角就是大名鼎鼎的宋代開封府尹包拯。他的職位等於首都市長，為甚麼市長要查案斷案呢？因為當時中國的制度還沒有像後世分得那麼細，講司法獨立，基本上管治一個地方的官員是行政、司法一手包辦的，人民來告狀或者出了甚麼刑事事件，官員就得做判決，而判決的方法，除了聽雙方供詞，有時還要想辦法明查暗訪，探得實情，有時又要看法醫的證據。所以中國古代的斷案故事就稱為公案小說了。公元十一世紀的包拯市長，因此成了中國著名偵探，不少情況是他審案時偵出案件的隱情而破案的。這種官員兼顧查案審案的情況，可能到民國成立才改變。

　　十八世紀英國的福爾摩斯就不一樣了，那時英國已講三權分立，福爾摩斯只偵查，不審訊，所以故事的重點不在審案，而重在案件的調查、推理，以查出真正兇徒為中心，盡量製造懸疑驚異效果，真相得出人意表而又合情合理。今天我們的社會制度仿效西方，所以我們慣看偵探小說。然而，撇除了一手包攬偵查和審案這一點，公案小說和偵探小說一樣，都得有一位擅長推理、判斷的主角，根據一系列的線索，解破疑案。因此，我們今天看偵探小說看得津津有味之餘，也可以想像幾百年前中國人因為《包公案》而入迷的情況。

趣味重溫（2）

一、你明白嗎？

1. "一鳥害七命" 一隻小鳥是如何害死七條人命的？閱讀故事，將下列人物和他們的死因連線搭配。

沈秀	愛子心切
張公	屈打成招
張婆	財迷失孝
李吉	驚嚇猝死
黃老狗	玩物喪命
黃大保	謀財害命
黃小保	

2. "鬼斷家私" 的故事情節發展迂迴曲折，請閱讀故事將下列情節按發生先後重新排序。

（　）a. 善述索衣惹惱兄長，母子被迫離家。

（　）b. 太守過世，善繼專權。

（　）c. 叔姪分學，太守中風。

（　）d. 滕大尹借機斂財，更得梅氏母子感激。

（　）e. 梅氏隱忍，善述長成。

（　）f. 彌留分家私，梅氏得一圖。

（　）g. 滕大尹施巧計，善述母子得銀萬兩。

（　）h. 梅氏示圖，善述告官。

（　）i. 莊上收租，倪太守得妾梅氏。

（　）j. 枯木生花，老太守高壽得子。

（　）k. 善繼不孝不友，太守悲悔交加。

3. “碾玉觀音”多次設置並解開懸念，並藉此前後照應推動情節。試把以下懸念設置處與後文照應處連線搭配。

去那左廊下，一個婦女，搖搖擺擺，從府堂裏出來，與崔寧打個胸廝撞。

秀秀道：“我因為你，吃郡王打死了，埋在後花園裏。”

老夫妻見女兒捉去，就當下尋死覓活，至今不知下落。

原來當時打殺秀秀時，兩個老的聽得說，便跳在河裏，已自死了。

既然這兩畜牲逃走，今日捉將來，我惱了，如何不殺？既然夫人來勸，且捉秀秀入府後花園去。

崔寧認得是秀秀養娘，倒退兩步，低身唱個喏。

二、想深一層

1. “金玉奴”中莫稽從一個窮書生到軍司戶，離不開金玉奴的物質和精神資助，而他卻在上任途中，把美貌賢慧的妻子推墜江中，對他的行徑評判錯誤的是（　　　）

   a. 忘恩負義　　b. 大義滅親　　c. 過河拆橋　　d. 恩將仇報

2. “碾玉觀音”之所以成為中國古典故事中的名篇，很大程度上應歸功於秀秀這一人物形象的塑造，試根據以下文字分析並選擇秀秀的性格特點。

a. 豪放　　b. 執着　　c. 孝順　　d. 大膽，敢於追求幸福。
e. 心靈手巧　　f. 直率　　g. 愛恨分明　　h. 美麗　　i. 多情

   i.　朝廷賜下一領團花繡戰袍，秀秀依樣繡出一件來。（　　　）

   ii.　郡王一句把秀秀許配給崔寧的戲言，秀秀是那樣認真高興地記在了心底。（　　　）

iii. "我肚裏飢，崔大夫與我買些點心來吃！我受了些驚，得杯酒吃更好。"（　　）

iv. "比似只管等待，何不今夜我和你先做夫妻？"（　　）

v. "我既和你做夫妻，憑你行。"（　　）

vi. 崔寧兩口在建康住得好，秀秀叨念爹媽受苦，提議接二老來同住。（　　）

vii. 鄰舍説秀秀是個"花枝似的女兒"。（　　）

viii. 秀秀恨郭排軍多口，利用鬼的便利讓郭排軍捱了五十背花棒。（　　）

ix. 秀秀被打死後，變成鬼也要跟崔寧做夫妻。（　　）

3. "金玉奴"善用多種描寫方法來刻畫同一人物形象，使其栩栩如生，躍然紙上。試分析以下各句分別採用了哪些人物描寫的手法，並把該句前的序號填入相應描寫方法後的橫線上。

外貌描寫 _____

語言描寫 _____

心理描寫 _____

動作描寫 _____

神態描寫 _____

i. 莫稽口雖不言，心下想道："我今衣食不周，無力婚娶，何不俯就她家，一舉兩得？也顧不得恥笑。"（　　）

ii. （莫稽）心生一計，走進船艙，哄玉奴起牀。玉奴已睡了，莫稽再三逼她起身。玉奴走至艙門口，舉頭望月，被莫稽出其不意，牽出船頭，推墮江中。（莫稽）悄悄喚起舟人，吩咐快開船前去，重重有賞，不可遲慢。（　　）

iii. 到晚，莫司戶冠帶齊整，帽插金花，身披紅錦，跨着雕鞍駿馬，兩班鼓樂前導，眾僚屬都來送親。（　　）

iv. 莫司戶此時心中，如登九霄雲裏，歡喜不可形容，仰着臉，昂然而入。（　　）

v. 莫稽正要攀高，便欣然應道：「此事全仗玉成，當效銜接之報。」（　　）

三、延伸思考

1. "鬼斷家私"滕大尹裝神弄鬼巧斷家私案，為梅氏母子討回了公道，卻取走了其中的白金一千兩，而不是倪太守遺筆中所寫的白金三百兩，你如何評價滕大尹這個人？

2. "鬼斷家私"、"金玉奴"、"一鳥害七命"，都應了"善有善報，惡有惡報，不是不報，時候未到"，你如何看待這句話，以及對你為人處事有何啟示？

參考答案

趣味重温（1）

一、你明白嗎？

1.

故事主題	故事名稱	主要人物
戲言成巧禍	d	e
人、妖奇緣	a	g
智破懸案	c	h
多情女慘遇薄倖郎	b	f

2.

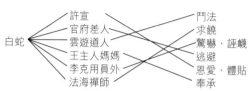

白蛇　許宣／官府差人／雲遊道人／王主人媽媽／李克用員外／法海禪師　　鬥法／求饒／驚嚇、誣衊／逃避／恩愛、體貼／奉承

3.

案件的事實				
(1)劉貴被殺，借得的十五貫錢不知所終。	(2)陳二姐當夜逃往鄰居家，門兒從外拽上不關。	(3)小偷偷了幾文錢，劉貴被驚醒，起身追趕。	(4)陳二姐腳痛走不動，坐在路旁，路遇年輕男子崔寧。	(5)劉貴之妻路遇強盜，無奈間做了強盜的壓寨夫人。
a 強盜得了劉大娘子後，迅速發跡，改行從善，劉大娘子偶然得知兇殺真相。	b 小偷在廚房恰巧看見一把明晃晃的斧頭，砍死劉貴，索性取走所有的錢。	c 賭徒夜間出來偷東西，恰好來到劉貴門首。	d 崔寧賣絲恰恰得十五貫錢。	e 崔寧恰好與陳二姐同路，於是二人結伴而行，被疑為奸情。
引發的巧合				

二、想深一層

1. a.(✗) b.(✗) c.(✔) d.(✗) e.(✔) f.(✔)

2.

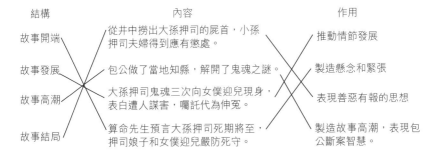

結構	內容	作用
故事開端	從井中撈出大孫押司的屍首，小孫押司夫婦得到應有懲處。	推動情節發展
故事發展	包公做了當地知縣，解開了鬼魂之謎。	製造懸念和緊張
故事高潮	大孫押司鬼魂三次向女僕迎兒現身，表白遭人謀害，囑託代為伸冤。	表現善惡有報的思想
故事結局	算命先生預言大孫押司死期將至，押司娘子和女僕迎兒嚴防死守。	製造故事高潮，表現包公斷案智慧。

3. i.(d f) ii.(e i) iii.(e) iv.(b i) v.(h) vi.(a) vii.(a e) viii.(c) ix.(g)

三、延伸思考 (此部分不設答案，讀者可自由回答。)

趣味重溫（2）

一、你明白嗎？

1.

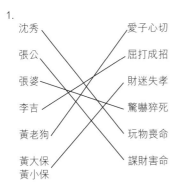

沈秀　　　　愛子心切
張公　　　　屈打成招
張婆　　　　財迷失孝
李吉　　　　驚嚇猝死
黃老狗　　　玩物喪命
黃大保
黃小保　　　謀財害命

2. i j k c f b e a h g d

3.

去那左廊下，一個婦女，搖搖擺擺，
從府堂裏出來，與崔寧打個胸廝撞。

秀秀道："我因為你，吃郡王打死
了，埋在後花園裏。"

老夫妻見女兒捉去，就當下尋死覓
活，至今不知下落。

原來當時打殺秀秀時，兩個老的聽得
説，便跳在河裏，已自死了。

既然這兩畜牲逃走，今日捉將來，我
惱了，如何不殺？既然夫人來勸，且
捉秀秀入府後花園去。

崔寧認得是秀秀養娘，倒退兩步，低
身唱個喏。

二、想深一層
　1. b
　2. i (e)　ii (i)　iii (f)　iv (d)　v (a)　vi (c)　vii (h)　viii (g)　ix (b)
　3.
　外貌描寫 <u>iii</u>
　語言描寫 <u>v</u>
　心理描寫 <u>i</u>
　動作描寫 <u>ii</u>
　神態描寫 <u>iv</u>

三、延伸思考（此部分不設答案，讀者可自由回答。）